The Happy Prince and Other Tales
El Príncipe Feliz y otros cuentos

Oscar Wilde

The Happy Prince and Other Tales

El príncipe feliz y otros cuentos

Texto paralelo bilingüe
Bilingual edition

Ingles - Español
English - Spanish

texto en español, traducido del inglés por Guillermo Tirelli

Rosetta Edu

Rosetta Edu
Ediciones bilingües

Páginas enfrentadas
Páginas enfrentadas de la traducción y texto original en libros impresos.

Párrafos alineados en libros impresos
En libros impresos, los párrafos alineados entre los dos idiomas facilitan la comparación y la comprensión, ahorrando la necesidad de referirse constantemente al diccionario.

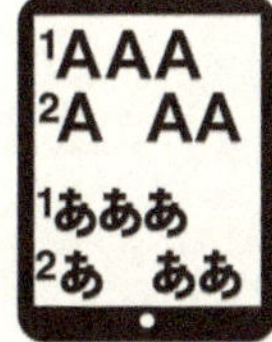

Párrafos enlazados en libros electrónicos
En libros electrónicos la comparación y la comprensión son facilitadas por citas al pie colocadas al principio de cada párrafo enlazando el texto en el idioma original y su traducción.

Integridad y fidelidad
Traducciones íntegras, fieles y no abreviadas del texto original.

Cuidado del vocabulario
Traducciones especiales para ediciones bilingües, con especial cuidado por la hegemonía de vocabulario utilizando glosarios en el proceso de traducción.

Contexto educativo
Ediciones enfocadas a estudiantes intermedios y avanzados del idioma original del texto en libros coleccionables y aptos para el contexto educativo.

INDICE

TO

CARLOS BLACKER

A

CARLOS BLACKER

High above the city, on a tall column, stood the statue of the Happy Prince. He was gilded all over with thin leaves of fine gold, for eyes he had two bright sapphires, and a large red ruby glowed on his sword-hilt.

He was very much admired indeed. "He is as beautiful as a weathercock," remarked one of the Town Councillors who wished to gain a reputation for having artistic tastes; "only not quite so useful," he added, fearing lest people should think him unpractical, which he really was not.

"Why can't you be like the Happy Prince?" asked a sensible mother of her little boy who was crying for the moon. "The Happy Prince never dreams of crying for anything."

"I am glad there is some one in the world who is quite happy," muttered a disappointed man as he gazed at the wonderful statue.

"He looks just like an angel," said the Charity Children as they came out of the cathedral in their bright scarlet cloaks and their clean white pinafores.

"How do you know?" said the Mathematical Master, "you have never seen one."

"Ah! but we have, in our dreams," answered the children; and the Mathematical Master frowned and looked very severe, for he did not approve of children dreaming.

EL PRÍNCIPE FELIZ

En lo alto de la ciudad, sobre una alta columna, se encontraba la estatua del Príncipe Feliz. Estaba dorado por todas partes con finas hojas de oro fino, por ojos tenía dos zafiros brillantes, y un gran rubí rojo brillaba en la empuñadura de su espada.

Era muy admirado. «Es tan bello como una veleta», comentó uno de los concejales que deseaba ganarse la reputación de tener gustos artísticos; «sólo que no es tan útil», añadió, temiendo que la gente lo considerara poco práctico, cosa que en realidad no era.

«¿Por qué no puedes ser como el Príncipe Feliz?», le preguntó una madre sensata a su hijito que lloraba pidiendo la luna. «El Príncipe Feliz ni siquiera sueña con llorar por nada».

«Me alegro de que haya alguien en el mundo que sea bastante feliz», murmuró un hombre decepcionado mientras contemplaba la maravillosa estatua.

«Parece un ángel», dijeron los Niños de la Caridad al salir de la catedral con sus brillantes capas escarlatas y sus limpios guardapolvos blancos.

«¿Cómo lo saben?», dijo el Maestro de Matemáticas, «si nunca han visto uno».

«¡Ah! pero claro que sí, en nuestros sueños», respondieron los niños; y el Maestro de Matemáticas frunció el ceño y se mostró muy severo, pues no aprobaba que los niños soñaran.

One night there flew over the city a little Swallow. His friends had gone away to Egypt six weeks before, but he had stayed behind, for he was in love with the most beautiful Reed. He had met her early in the spring as he was flying down the river after a big yellow moth, and had been so attracted by her slender waist that he had stopped to talk to her.

"Shall I love you?" said the Swallow, who liked to come to the point at once, and the Reed made him a low bow. So he flew round and round her, touching the water with his wings, and making silver ripples. This was his courtship, and it lasted all through the summer.

"It is a ridiculous attachment," twittered the other Swallows; "she has no money, and far too many relations"; and indeed the river was quite full of Reeds. Then, when the autumn came they all flew away.

After they had gone he felt lonely, and began to tire of his lady-love. "She has no conversation," he said, "and I am afraid that she is a coquette, for she is always flirting with the wind." And certainly, whenever the wind blew, the Reed made the most graceful curtseys. "I admit that she is domestic," he continued, "but I love travelling, and my wife, consequently, should love travelling also."

"Will you come away with me?" he said finally to her; but the Reed shook her head, she was so attached to her home.

"You have been trifling with me," he cried. "I am off to the Pyramids. Good-bye!" and he flew away.

All day long he flew, and at night-time he arrived at the city. "Where shall I put up?" he said; "I hope the town has made preparations."

Then he saw the statue on the tall column.

"I will put up there," he cried; "it is a fine position, with plen-

Una noche sobrevoló la ciudad pequeño Golondrina. Sus amigos se habían marchado a Egipto seis semanas antes, pero él se había quedado, pues estaba enamorado de la más bella Carrizo. La había conocido a principios de la primavera, mientras volaba por el río tras una gran polilla amarilla, y se había sentido tan atraído por su esbelta cintura que se había detenido a hablar con ella.

« ¿Puedo amarte?», dijo Golondrina, a quién le gustaba ir al grano de inmediato, y Carrizo le hizo una pequeña reverencia. Entonces él voló alrededor de ella, tocando el agua con sus alas, y haciendo ondas de plata. Este fue su cortejo, que duró todo el verano.

«Es una relación ridícula», decían las otras Golondrinas; «no tiene dinero y tiene demasiados parientes»; y, en efecto, el río estaba lleno de Carrizos. Luego, cuando llegó el otoño, todas las Golondrinas se fueron volando.

Cuando se marcharon, él se sintió solo y empezó a cansarse de su amada. «No tiene conversación», dijo, «y me temo que es una coqueta, porque siempre está flirteando con el viento». Y ciertamente, siempre que el viento soplaba, Carrizo hacía las más graciosas reverencias. «Admito que es doméstica», continuó, «pero a mí me encanta viajar, y a mi esposa, en consecuencia, también debería gustarle viajar».

«¿Quieres venir conmigo?», le dijo finalmente; pero Carrizo negó con la cabeza, tan apegada estaba a su hogar.

«Has estado jugando conmigo», gritó él. «Me voy a las Pirámides. ¡Adiós!», y se fue volando.

Durante todo el día voló, y por la noche llegó a la ciudad. «¿Dónde me alojaré?», dijo; «espero que la ciudad haya hecho los preparativos».

Entonces vio la estatua sobre la alta columna.

«Me alojaré allí», gritó; «es una buena posición, con mucho aire

ty of fresh air." So he alighted just between the feet of the Happy Prince.

"I have a golden bedroom," he said softly to himself as he looked round, and he prepared to go to sleep; but just as he was putting his head under his wing a large drop of water fell on him. "What a curious thing!" he cried; "there is not a single cloud in the sky, the stars are quite clear and bright, and yet it is raining. The climate in the north of Europe is really dreadful. The Reed used to like the rain, but that was merely her selfishness."

Then another drop fell.

"What is the use of a statue if it cannot keep the rain off?" he said; "I must look for a good chimney-pot," and he determined to fly away.

But before he had opened his wings, a third drop fell, and he looked up, and saw—Ah! what did he see?

The eyes of the Happy Prince were filled with tears, and tears were running down his golden cheeks. His face was so beautiful in the moonlight that the little Swallow was filled with pity.

"Who are you?" he said.

"I am the Happy Prince."

"Why are you weeping then?" asked the Swallow; "you have quite drenched me."

"When I was alive and had a human heart," answered the statue, "I did not know what tears were, for I lived in the Palace of Sans-Souci, where sorrow is not allowed to enter. In the daytime I played with my companions in the garden, and in the evening I led the dance in the Great Hall. Round the garden ran a very lofty wall, but I never cared to ask what lay beyond it, everything about me was so beautiful. My courtiers called me the Happy Prince, and happy indeed I was, if pleasure be happiness. So I lived, and so I died. And now that I am dead they have set me up here so

fresco». Así que se posó justo entre los pies del Príncipe Feliz.

«Tengo un dormitorio dorado», se dijo en voz baja mientras miraba a su alrededor, y se preparó para dormir; pero justo cuando metía la cabeza bajo el ala le cayó una gran gota de agua. «¡Qué cosa tan curiosa!», exclamó; «no hay ni una sola nube en el cielo, las estrellas se ven bien claras y brillantes, y sin embargo está lloviendo. El clima en el norte de Europa es realmente espantoso. A Carrizo le gustaba la lluvia, pero eso era sólo su egoísmo».

Entonces cayó otra gota.

«¿Para qué sirve una estatua si no puede proteger contra la lluvia?», dijo; «tengo que buscar un buen copete de chimenea», y decidió que se iría volando.

Pero antes de que abriera las alas, cayó una tercera gota, levantó la vista y vio... ¡Ah! ¿Qué fue lo que vio?

Los ojos del Príncipe Feliz estaban llenos de lágrimas, y las lágrimas corrían por sus mejillas doradas. Su rostro era tan bello a la luz de la luna, que pequeño Golondrina se llenó de compasión.

«¿Quién eres tú?», dijo.

«Soy el Príncipe Feliz».

«¿Por qué lloras entonces?», preguntó Golondrina; «me has empapado».

«Cuando estaba vivo y tenía un corazón humano», respondió la estatua, «no sabía lo que eran las lágrimas, pues vivía en el Palacio de Sans-Souci, donde no se permite la entrada del dolor. Durante el día jugaba con mis compañeros en el jardín, y por la noche dirigía la danza en el Gran Salón. Alrededor del jardín había un muro muy alto, pero nunca me preocupé de preguntar qué había más allá, todo lo que me rodeaba era tan hermoso. Mis cortesanos me llamaban el Príncipe Feliz, y feliz era, si el placer es la felicidad. Así viví y así morí. Y ahora que he muerto me han colocado

high that I can see all the ugliness and all the misery of my city, and though my heart is made of lead yet I cannot chose but weep."

"What! is he not solid gold?" said the Swallow to himself. He was too polite to make any personal remarks out loud.

"Far away," continued the statue in a low musical voice, "far away in a little street there is a poor house. One of the windows is open, and through it I can see a woman seated at a table. Her face is thin and worn, and she has coarse, red hands, all pricked by the needle, for she is a seamstress. She is embroidering passion-flowers on a satin gown for the loveliest of the Queen's maids-of-honour to wear at the next Court-ball. In a bed in the corner of the room her little boy is lying ill. He has a fever, and is asking for oranges. His mother has nothing to give him but river water, so he is crying. Swallow, Swallow, little Swallow, will you not bring her the ruby out of my sword-hilt? My feet are fastened to this pedestal and I cannot move."

"I am waited for in Egypt," said the Swallow. "My friends are flying up and down the Nile, and talking to the large lotus-flowers. Soon they will go to sleep in the tomb of the great King. The King is there himself in his painted coffin. He is wrapped in yellow linen, and embalmed with spices. Round his neck is a chain of pale green jade, and his hands are like withered leaves."

"Swallow, Swallow, little Swallow," said the Prince, "will you not stay with me for one night, and be my messenger? The boy is so thirsty, and the mother so sad."

"I don't think I like boys," answered the Swallow. "Last summer, when I was staying on the river, there were two rude boys, the miller's sons, who were always throwing stones at me. They never hit me, of course; we swallows fly far too well for that, and besides, I come of a family famous for its agility; but still, it was a mark of disrespect."

But the Happy Prince looked so sad that the little Swallow was

aquí tan alto que puedo ver toda la fealdad y toda la miseria de mi ciudad, y aunque mi corazón es de plomo no puedo sino llorar».

«¿Qué? ¿No es de oro macizo?», se dijo Golondrina. Era demasiado educado como para hacer comentarios personales en voz alta.

«Muy lejos», continuó la estatua con una voz musical grave, «muy lejos, en una pequeña calle, hay una casa pobre. Una de las ventanas está abierta, y a través de ella puedo ver a una mujer sentada a la mesa. Su rostro está delgado y desgastado, y tiene las manos ásperas y rojas, pinchadas por la aguja, pues es costurera. Está bordando flores de la pasión en un vestido de satén para que la más bella de las damas de honor de la Reina lo vista en el próximo baile de la Corte. En una cama en la esquina de la habitación, su hijo pequeño está enfermo. Tiene fiebre y pide naranjas. Su madre sólo tiene agua del río para darle, así que llora. Golondrina, Golondrina, pequeño Golondrina, ¿no le llevarás el rubí de la empuñadura de mi espada? Mis pies están sujetos a este pedestal y no puedo moverme».

«Me esperan en Egipto», dijo Golondrina. «Mis amigos están volando Nilo arriba y Nilo abajo, y hablando con las grandes flores de loto. Pronto se irán a dormir a la tumba del gran Rey. El Rey está allí en su ataúd pintado. Está envuelto en lino amarillo y embalsamado con especias. Alrededor de su cuello hay una cadena de jade verde pálido, y sus manos son como hojas marchitas».

«Golondrina, Golondrina, pequeño Golondrina», dijo el Príncipe, «¿no te quedarás conmigo una noche y serás mi mensajero? El niño está tan sediento, y la madre tan triste».

«No creo que me gusten los chicos», respondió Golondrina. «El verano pasado, cuando me quedé en el río, había dos chicos rudos, los hijos del molinero, que siempre me tiraban piedras. Nunca me golpearon, por supuesto; las golondrinas volamos demasiado bien como para eso, y además, vengo de una familia famosa por su agilidad; pero aun así, era una falta de respeto».

Pero el Príncipe Feliz tenía un aspecto tan triste que peque-

sorry. "It is very cold here," he said; "but I will stay with you for one night, and be your messenger."

"Thank you, little Swallow," said the Prince.

So the Swallow picked out the great ruby from the Prince's sword, and flew away with it in his beak over the roofs of the town.

He passed by the cathedral tower, where the white marble angels were sculptured. He passed by the palace and heard the sound of dancing. A beautiful girl came out on the balcony with her lover. "How wonderful the stars are," he said to her, "and how wonderful is the power of love!"

"I hope my dress will be ready in time for the State-ball," she answered; "I have ordered passion-flowers to be embroidered on it; but the seamstresses are so lazy."

He passed over the river, and saw the lanterns hanging to the masts of the ships. He passed over the Ghetto, and saw the old Jews bargaining with each other, and weighing out money in copper scales. At last he came to the poor house and looked in. The boy was tossing feverishly on his bed, and the mother had fallen asleep, she was so tired. In he hopped, and laid the great ruby on the table beside the woman's thimble. Then he flew gently round the bed, fanning the boy's forehead with his wings. "How cool I feel," said the boy, "I must be getting better"; and he sank into a delicious slumber.

Then the Swallow flew back to the Happy Prince, and told him what he had done. "It is curious," he remarked, "but I feel quite warm now, although it is so cold."

"That is because you have done a good action," said the Prince. And the little Swallow began to think, and then he fell asleep. Thinking always made him sleepy.

When day broke he flew down to the river and had a bath. "What a remarkable phenomenon," said the Professor of Ornithology as

ño Golondrina se apenó. «Hace mucho frío aquí», dijo; «pero me quedaré contigo una noche, y seré tu mensajero».

«Gracias, pequeño Golondrina», dijo el Príncipe.

Y Golondrina cogió el gran rubí de la espada del Príncipe y se fue volando con éste en el pico por encima de los tejados de la ciudad.

Pasó junto a la torre de la catedral, donde estaban esculpidos los ángeles de mármol blanco. Pasó por el palacio y escuchó el sonido de una danza. Una hermosa muchacha salió al balcón con su amante. «¡Qué maravillosas son las estrellas!», le dijo él, « ¡y qué maravilloso es el poder del amor!».

«Espero que mi vestido esté listo a tiempo para el Baile Oficial», contestó ella; «he ordenado que le borden flores de la pasión; pero las costureras son muy perezosas».

Pasó por el río y vio los faroles colgados en los mástiles de los barcos. Pasó por el gueto y vio a los viejos judíos regateando entre sí y pesando el dinero en balanzas de cobre. Por fin llegó a la casa donde vivían los pobres y miró dentro. El niño se revolvía febrilmente en su cama, y la madre se había quedado dormida, tan cansada. Entró de un salto y dejó el gran rubí sobre la mesa, junto al dedal de la mujer. Luego voló suavemente alrededor de la cama, abanicando la frente del niño con sus alas. «Qué fresco me siento», dijo el niño, «debo estar mejorando»; y se hundió en un delicioso sueño.

Entonces Golondrina regresó volando al Príncipe Feliz, y le contó lo que había hecho. «Es curioso», comentó, «pero ahora siento bastante calor, aunque hace tanto frío».

«Eso es porque has hecho una buena acción», dijo el Príncipe. Golondrina se puso a pensar y se quedó dormido. Pensar siempre le daba sueño.

Cuando amaneció, bajó volando al río y se bañó. «¡Qué fenómeno tan extraordinario!», dijo el Profesor de Ornitología al pasar

he was passing over the bridge. "A swallow in winter!" And he wrote a long letter about it to the local newspaper. Every one quoted it, it was full of so many words that they could not understand.

"To-night I go to Egypt," said the Swallow, and he was in high spirits at the prospect. He visited all the public monuments, and sat a long time on top of the church steeple. Wherever he went the Sparrows chirruped, and said to each other, "What a distinguished stranger!" so he enjoyed himself very much.

When the moon rose he flew back to the Happy Prince. "Have you any commissions for Egypt?" he cried; "I am just starting."

"Swallow, Swallow, little Swallow," said the Prince, "will you not stay with me one night longer?"

"I am waited for in Egypt," answered the Swallow. "To-morrow my friends will fly up to the Second Cataract. The river-horse couches there among the bulrushes, and on a great granite throne sits the God Memnon. All night long he watches the stars, and when the morning star shines he utters one cry of joy, and then he is silent. At noon the yellow lions come down to the water's edge to drink. They have eyes like green beryls, and their roar is louder than the roar of the cataract."

"Swallow, Swallow, little Swallow," said the Prince, "far away across the city I see a young man in a garret. He is leaning over a desk covered with papers, and in a tumbler by his side there is a bunch of withered violets. His hair is brown and crisp, and his lips are red as a pomegranate, and he has large and dreamy eyes. He is trying to finish a play for the Director of the Theatre, but he is too cold to write any more. There is no fire in the grate, and hunger has made him faint."

"I will wait with you one night longer," said the Swallow, who really had a good heart. "Shall I take him another ruby?"

"Alas! I have no ruby now," said the Prince; "my eyes are all that

por el puente. «¡Una golondrina en invierno!». Y escribió una larga carta sobre ello al periódico local. Todos la citaron, estaba llena de tantas palabras que no podían entender.

«Esta noche me voy a Egipto», dijo Golondrina, y se sintió muy animado ante la perspectiva. Visitó todos los monumentos públicos y se sentó durante mucho tiempo en lo alto del campanario de la iglesia. Dondequiera que iba, los Gorriones gorjeaban y se decían unos a otros: «¡Qué extranjero tan distinguido!», de modo que se divertía mucho.

Cuando salió la luna, volvió volando hacia el Príncipe Feliz. «¿Tienes algún encargo para Egipto?», gritó; «ya estoy partiendo».

«Golondrina, Golondrina, pequeño Golondrina», dijo el Príncipe, «¿no te quedarás conmigo una noche más?».

«Me esperan en Egipto», respondió Golondrina. «Mañana mis amigos volarán hasta la Segunda Catarata. El caballo del río se acuesta allí entre los juncos, y en un gran trono de granito se sienta el Dios Memnon. Durante toda la noche observa las estrellas, y cuando brilla el lucero del alba lanza un grito de alegría, y luego calla. Al mediodía, los leones amarillos bajan al borde del agua para beber. Tienen ojos como berilos verdes, y su rugido es más fuerte que el de la catarata».

«Golondrina, Golondrina, pequeño Golondrina», dijo el Príncipe, «a lo lejos, al otro lado de la ciudad, veo a un joven en una buhardilla. Está inclinado sobre un escritorio cubierto de papeles, y en un vaso a su lado hay un ramo de violetas marchitas. Su pelo es castaño y crujiente, y sus labios son rojos como una granada, y tiene unos ojos grandes y soñadores. Está intentando terminar una obra para el Director del Teatro, pero tiene demasiado frío como para seguir escribiendo. No hay fuego en la caldera y el hambre le ha hecho desfallecer».

«Esperaré contigo una noche más», dijo Golondrina, que realmente tenía un buen corazón. «¿Le llevo otro rubí?».

«¡Ay! No tengo ningún rubí ahora», dijo el Príncipe; «mis ojos

I have left. They are made of rare sapphires, which were brought out of India a thousand years ago. Pluck out one of them and take it to him. He will sell it to the jeweller, and buy food and firewood, and finish his play."

"Dear Prince," said the Swallow, "I cannot do that"; and he began to weep.

"Swallow, Swallow, little Swallow," said the Prince, "do as I command you."

So the Swallow plucked out the Prince's eye, and flew away to the student's garret. It was easy enough to get in, as there was a hole in the roof. Through this he darted, and came into the room. The young man had his head buried in his hands, so he did not hear the flutter of the bird's wings, and when he looked up he found the beautiful sapphire lying on the withered violets.

"I am beginning to be appreciated," he cried; "this is from some great admirer. Now I can finish my play," and he looked quite happy.

The next day the Swallow flew down to the harbour. He sat on the mast of a large vessel and watched the sailors hauling big chests out of the hold with ropes. "Heave a-hoy!" they shouted as each chest came up. "I am going to Egypt"! cried the Swallow, but nobody minded, and when the moon rose he flew back to the Happy Prince.

"I am come to bid you good-bye," he cried.

"Swallow, Swallow, little Swallow," said the Prince, "will you not stay with me one night longer?"

"It is winter," answered the Swallow, "and the chill snow will soon be here. In Egypt the sun is warm on the green palm-trees, and the crocodiles lie in the mud and look lazily about them. My companions are building a nest in the Temple of Baalbec, and the pink and white doves are watching them, and cooing to each other. Dear Prince, I must leave you, but I will never forget you, and

son todo lo que me queda. Son de raros zafiros, que fueron traídos de la India hace mil años. Arranca uno de ellos y llévaselo. Lo venderá al joyero, y comprará comida y leña, y terminará su obra».

«Querido Príncipe», dijo Golondrina, «no puedo hacerlo»; y se puso a llorar.

«Golondrina, Golondrina, pequeño Golondrina», dijo el Príncipe, «haz lo que te mando».

Entonces Golondrina le sacó el ojo al Príncipe y se fue volando a la buhardilla del estudiante. Era muy fácil entrar, pues había un agujero en el techo. A través de éste se lanzó y entró en la habitación. El joven tenía la cabeza entre las manos, por lo que no oyó el batir de las alas del pájaro, y cuando levantó la vista encontró el hermoso zafiro posado sobre las violetas marchitas.

«Empiezo a ser apreciado», exclamó; «esto proviene de algún gran admirador. Ahora puedo terminar mi obra», y parecía muy feliz.

Al día siguiente, Golondrina bajó volando al puerto. Se sentó en el mástil de un gran barco y observó cómo los marineros sacaban con cuerdas grandes cofres de la bodega. «¡Arriba!», gritaban al subir cada cofre. «¡Me voy a Egipto!», gritó Golondrina, pero a nadie le importó, y cuando salió la luna voló nuevamente hacia el Príncipe Feliz.

«He venido a despedirme de ti», gritó.

«Golondrina, Golondrina, pequeño Golondrina», dijo el Príncipe, «¿no te quedarás conmigo una noche más?».

«Es invierno», respondió Golondrina, «y la fría nieve no tardará en llegar. En Egipto el sol es cálido sobre las verdes palmeras, y los cocodrilos se tumban en el barro y miran perezosamente a su alrededor. Mis compañeros están construyendo un nido en el Templo de Baalbec, y las palomas rosas y blancas los observan y se arrullan entre sí. Querido Príncipe, debo dejarte, pero nunca te

next spring I will bring you back two beautiful jewels in place of those you have given away. The ruby shall be redder than a red rose, and the sapphire shall be as blue as the great sea."

"In the square below," said the Happy Prince, "there stands a little match-girl. She has let her matches fall in the gutter, and they are all spoiled. Her father will beat her if she does not bring home some money, and she is crying. She has no shoes or stockings, and her little head is bare. Pluck out my other eye, and give it to her, and her father will not beat her."

"I will stay with you one night longer," said the Swallow, "but I cannot pluck out your eye. You would be quite blind then."

"Swallow, Swallow, little Swallow," said the Prince, "do as I command you."

So he plucked out the Prince's other eye, and darted down with it. He swooped past the match-girl, and slipped the jewel into the palm of her hand. "What a lovely bit of glass," cried the little girl; and she ran home, laughing.

Then the Swallow came back to the Prince. "You are blind now," he said, "so I will stay with you always."

"No, little Swallow," said the poor Prince, "you must go away to Egypt."

"I will stay with you always," said the Swallow, and he slept at the Prince's feet.

All the next day he sat on the Prince's shoulder, and told him stories of what he had seen in strange lands. He told him of the red ibises, who stand in long rows on the banks of the Nile, and catch gold-fish in their beaks; of the Sphinx, who is as old as the world itself, and lives in the desert, and knows everything; of the merchants, who walk slowly by the side of their camels, and carry amber beads in their hands; of the King of the Mountains of the Moon, who is as black as ebony, and worships a large crystal; of

olvidaré, y la próxima primavera te traeré dos hermosas joyas en lugar de las que has regalado. El rubí será más rojo que una rosa roja, y el zafiro será tan azul como el gran mar».

«En la plaza allí abajo», dijo el Príncipe Feliz, «hay una pequeña vendedora de fósforos. Ha dejado caer sus fósforos en la alcantarilla, y están todos estropeados. Su padre la golpeará si no trae dinero a casa, y está llorando. No tiene zapatos ni medias, y su cabecita está desnuda. Sácame el otro ojo y dáselo, y así su padre no le pegará».

«Me quedaré contigo una noche más», dijo Golondrina, «pero no puedo sacarte el ojo. De ser así te quedarías completamente ciego».

«Golondrina, Golondrina, pequeño Golondrina», dijo el Príncipe, «haz lo que te mando».

Así que sacó el otro ojo del Príncipe y se lanzó con éste. Pasó por delante de la vendedora de fósforos y le puso la joya en la palma de la mano. «Qué bonito trozo de cristal», gritó la niña, y corrió a casa riendo.

Entonces Golondrina volvió a acercarse al Príncipe. «Ahora eres ciego», le dijo, «así que me quedaré contigo siempre».

«No, pequeño Golondrina», dijo el pobre Príncipe, «debes irte a Egipto».

«Me quedaré siempre contigo», dijo Golondrina, y durmió a los pies del Príncipe.

Todo el día siguiente se sentó en el hombro del Príncipe y le contó historias de lo que había visto en tierras extrañas. Le habló de los ibis rojos, que se colocan en largas filas a orillas del Nilo y atrapan peces de oro con sus picos; de la Esfinge, que es tan antigua como el mundo mismo, y vive en el desierto, y lo sabe todo; de los mercaderes, que caminan lentamente al lado de sus camellos, y llevan cuentas de ámbar en sus manos; del Rey de las Montañas de la Luna, que es negro como el ébano y adora un gran cristal;

the great green snake that sleeps in a palm-tree, and has twenty priests to feed it with honey-cakes; and of the pygmies who sail over a big lake on large flat leaves, and are always at war with the butterflies.

"Dear little Swallow," said the Prince, "you tell me of marvellous things, but more marvellous than anything is the suffering of men and of women. There is no Mystery so great as Misery. Fly over my city, little Swallow, and tell me what you see there."

So the Swallow flew over the great city, and saw the rich making merry in their beautiful houses, while the beggars were sitting at the gates. He flew into dark lanes, and saw the white faces of starving children looking out listlessly at the black streets. Under the archway of a bridge two little boys were lying in one another's arms to try and keep themselves warm. "How hungry we are!" they said. "You must not lie here," shouted the Watchman, and they wandered out into the rain.

Then he flew back and told the Prince what he had seen.

"I am covered with fine gold," said the Prince, "you must take it off, leaf by leaf, and give it to my poor; the living always think that gold can make them happy."

Leaf after leaf of the fine gold the Swallow picked off, till the Happy Prince looked quite dull and grey. Leaf after leaf of the fine gold he brought to the poor, and the children's faces grew rosier, and they laughed and played games in the street. "We have bread now!" they cried.

Then the snow came, and after the snow came the frost. The streets looked as if they were made of silver, they were so bright and glistening; long icicles like crystal daggers hung down from the eaves of the houses, everybody went about in furs, and the little boys wore scarlet caps and skated on the ice.

The poor little Swallow grew colder and colder, but he would not leave the Prince, he loved him too well. He picked up crumbs

de la gran serpiente verde que duerme en una palmera y tiene veinte sacerdotes que la alimentan con pasteles de miel; y de los pigmeos que navegan sobre un gran lago en grandes hojas planas y están siempre en guerra con las mariposas.

«Querido Golondrina», dijo el Príncipe, «me hablas de cosas maravillosas, pero más maravilloso que todo es el sufrimiento de los hombres y de las mujeres. No hay Misterio tan grande como la Miseria. Vuela sobre mi ciudad, pequeño Golondrina, y dime qué ves allí».

Así, Golondrina sobrevoló la gran ciudad, y vio a los ricos que se divertían en sus hermosas casas, mientras los mendigos estaban sentados a las puertas. Voló hacia las oscuras callejuelas, y vio las blancas caras de los niños hambrientos que miraban con desgana las negras calles. Bajo el arco de un puente, dos chiquillos se echaban uno en brazos del otro para intentar mantenerse calientes. «¡Qué hambre tenemos!», decían. «No deben acostarse aquí», gritó el Vigilante, y salieron a la lluvia.

Luego volvió volando y le contó al Príncipe lo que había visto.

«Estoy cubierto de oro fino», dijo el Príncipe, «debes quitarlo, hoja por hoja, y dárselo a mis pobres; los vivos siempre piensan que el oro puede hacerlos felices».

Hoja tras hoja del oro fino, Golondrina fue quitando, hasta que el Príncipe Feliz se vio bastante apagado y gris. Hoja tras hoja del oro fino llevó a los pobres, y los rostros de los niños se tornaron más sonrosados, y rieron y jugaron en la calle. «Ahora tenemos pan», gritaban.

Entonces llegó la nieve, y después de la nieve llegó la escarcha. Las calles parecían de plata, tan brillantes y relucientes; largos carámbanos como puñales de cristal colgaban de los aleros de las casas, todo el mundo iba vestido con pieles, y los niños llevaban gorros de color escarlata y patinaban sobre el hielo.

El pobre Golondrina tenía cada vez más frío, pero no quería dejar al Príncipe, lo quería demasiado. Recogía migas en la puerta

outside the baker's door when the baker was not looking and tried to keep himself warm by flapping his wings.

But at last he knew that he was going to die. He had just strength to fly up to the Prince's shoulder once more. "Good-bye, dear Prince!" he murmured, "will you let me kiss your hand?"

"I am glad that you are going to Egypt at last, little Swallow," said the Prince, "you have stayed too long here; but you must kiss me on the lips, for I love you."

"It is not to Egypt that I am going," said the Swallow. "I am going to the House of Death. Death is the brother of Sleep, is he not?"

And he kissed the Happy Prince on the lips, and fell down dead at his feet.

At that moment a curious crack sounded inside the statue, as if something had broken. The fact is that the leaden heart had snapped right in two. It certainly was a dreadfully hard frost.

Early the next morning the Mayor was walking in the square below in company with the Town Councillors. As they passed the column he looked up at the statue: "Dear me! how shabby the Happy Prince looks!" he said.

"How shabby indeed!" cried the Town Councillors, who always agreed with the Mayor; and they went up to look at it.

"The ruby has fallen out of his sword, his eyes are gone, and he is golden no longer," said the Mayor in fact, "he is little better than a beggar!"

"Little better than a beggar," said the Town Councillors.

"And here is actually a dead bird at his feet!" continued the Mayor. "We must really issue a proclamation that birds are not to be allowed to die here." And the Town Clerk made a note of the suggestion.

del panadero cuando éste no miraba y trataba de calentarse batiendo las alas.

Pero al final supo que iba a morir. Sólo tuvo fuerzas para volar hasta el hombro del Príncipe una vez más. «¡Adiós, querido Príncipe!», murmuró, «¿me dejarás besar tu mano?».

«Me alegro de que te vayas por fin a Egipto, pequeño Golondrina», dijo el Príncipe, «te has quedado demasiado tiempo aquí; pero debes besarme en los labios, porque te amo».

«No es a Egipto a donde voy», dijo Golondrina. «Voy a la Casa de la Muerte. La Muerte es hermana del Sueño, ¿no es así?».

Y besó al Príncipe Feliz en los labios, y cayó muerto a sus pies.

En ese momento sonó un curioso crujido en el interior de la estatua, como si algo se hubiera roto. El hecho es que el corazón de plomo se había partido en dos. Ciertamente era una helada terrible.

A la mañana siguiente, temprano, el Alcalde paseaba por la plaza en compañía de los Concejales. Al pasar por delante de la columna, miró la estatua: «¡Caramba! ¡Qué mal aspecto tiene el Príncipe Feliz!», dijo.

Los Concejales, que siempre estaban de acuerdo con el Alcalde, gritaron: «¡Qué mal está!», y se acercaron a verlo.

«Se le ha caído el rubí de la espada, sus ojos han desaparecido y ya no es dorado», dijo el Alcalde de hecho, «¡es poco mejor que un mendigo!».

«Poco mejor que un mendigo», dijeron los Concejales.

«¡Y aquí hay un pájaro muerto a sus pies!», continuó el Alcalde. «Realmente debemos emitir un bando para que no se permita la muerte de los pájaros aquí». Y el Secretario Municipal tomó nota de la sugerencia.

So they pulled down the statue of the Happy Prince. "As he is no longer beautiful he is no longer useful," said the Art Professor at the University.

Then they melted the statue in a furnace, and the Mayor held a meeting of the Corporation to decide what was to be done with the metal. "We must have another statue, of course," he said, "and it shall be a statue of myself."

"Of myself," said each of the Town Councillors, and they quarrelled. When I last heard of them they were quarrelling still.

"What a strange thing!" said the overseer of the workmen at the foundry. "This broken lead heart will not melt in the furnace. We must throw it away." So they threw it on a dust-heap where the dead Swallow was also lying.

"Bring me the two most precious things in the city," said God to one of His Angels; and the Angel brought Him the leaden heart and the dead bird.

"You have rightly chosen," said God, "for in my garden of Paradise this little bird shall sing for evermore, and in my city of gold the Happy Prince shall praise me."

Así que derribaron la estatua del Príncipe Feliz. «Como ya no es bello, ya no es útil», dijo el Profesor de Arte de la Universidad.

Entonces fundieron la estatua en un horno, y el Alcalde convocó una reunión de la Corporación para decidir qué se iba a hacer con el metal. «Debemos tener otra estatua, por supuesto», dijo, «y será una estatua mía».

«O una estatua mía», dijo cada uno de los Concejales, y discutieron. La última vez que oí hablar de ellos seguían discutiendo.

«¡Qué cosa tan extraña!», dijo el supervisor de los obreros de la fundición. «Este corazón de plomo roto no se funde en el horno. Debemos tirarlo». Y lo arrojaron a un montón de polvo donde también yacía Golondrina muerto.

«Tráeme las dos cosas más preciosas de la ciudad», dijo Dios a uno de sus ángeles; y el ángel le trajo el corazón de plomo y el pájaro muerto.

«Has elegido bien», dijo Dios, «porque en mi jardín del Paraíso este pajarito cantará por siempre, y en mi ciudad de oro el Príncipe Feliz me alabará».

"She said that she would dance with me if I brought her red roses," cried the young Student; "but in all my garden there is no red rose."

From her nest in the holm-oak tree the Nightingale heard him, and she looked out through the leaves, and wondered.

"No red rose in all my garden!" he cried, and his beautiful eyes filled with tears. "Ah, on what little things does happiness depend! I have read all that the wise men have written, and all the secrets of philosophy are mine, yet for want of a red rose is my life made wretched."

"Here at last is a true lover," said the Nightingale. "Night after night have I sung of him, though I knew him not: night after night have I told his story to the stars, and now I see him. His hair is dark as the hyacinth-blossom, and his lips are red as the rose of his desire; but passion has made his face like pale ivory, and sorrow has set her seal upon his brow."

"The Prince gives a ball to-morrow night," murmured the young Student, "and my love will be of the company. If I bring her a red rose she will dance with me till dawn. If I bring her a red rose, I shall hold her in my arms, and she will lean her head upon my shoulder, and her hand will be clasped in mine. But there is no red rose in my garden, so I shall sit lonely, and she will pass me by. She will have no heed of me, and my heart will break."

"Here indeed is the true lover," said the Nightingale. "What I

«Dijo que bailaría conmigo si le llevaba rosas rojas», gritó el joven Estudiante; «pero en todo mi jardín no hay ninguna rosa roja».

Desde su nido en la encina lo oyó el Ruiseñor, que miró a través de las hojas y se maravilló.

«¡Ninguna rosa roja en todo mi jardín!», gritó, y sus hermosos ojos se llenaron de lágrimas. «¡Ah, de qué pequeñas cosas depende la felicidad! He leído todo lo que los sabios han escrito, y todos los secretos de la filosofía son míos, y sin embargo, por falta de una rosa roja mi vida se hace miserable».

«He aquí por fin un verdadero amante», dijo el Ruiseñor. «Noche tras noche he cantado sobre él, aunque no lo conocía; noche tras noche he contado su historia a las estrellas, y ahora lo veo. Sus cabellos son oscuros como la flor del jacinto, y sus labios son rojos como la rosa de su deseo; pero la pasión ha hecho su rostro como el marfil pálido, y el dolor ha puesto su sello en su frente».

«El Príncipe da un baile mañana por la noche», murmuró el joven Estudiante, «y mi amor asistirá a la fiesta. Si le traigo una rosa roja, bailará conmigo hasta el amanecer. Si le traigo una rosa roja, la tendré en mis brazos, y ella apoyará su cabeza en mi hombro, y su mano se estrechará en la mía. Pero no hay ninguna rosa roja en mi jardín, así que me sentaré solo, y ella pasará de largo. No me prestará atención, y mi corazón se romperá».

«He aquí, en efecto, el verdadero amante», dijo el Ruiseñor. «Lo

sing of, he suffers—what is joy to me, to him is pain. Surely Love is a wonderful thing. It is more precious than emeralds, and dearer than fine opals. Pearls and pomegranates cannot buy it, nor is it set forth in the marketplace. It may not be purchased of the merchants, nor can it be weighed out in the balance for gold."

"The musicians will sit in their gallery," said the young Student, "and play upon their stringed instruments, and my love will dance to the sound of the harp and the violin. She will dance so lightly that her feet will not touch the floor, and the courtiers in their gay dresses will throng round her. But with me she will not dance, for I have no red rose to give her"; and he flung himself down on the grass, and buried his face in his hands, and wept.

"Why is he weeping?" asked a little Green Lizard, as he ran past him with his tail in the air.

"Why, indeed?" said a Butterfly, who was fluttering about after a sunbeam.

"Why, indeed?" whispered a Daisy to his neighbour, in a soft, low voice.

"He is weeping for a red rose," said the Nightingale.

"For a red rose?" they cried; "how very ridiculous!" and the little Lizard, who was something of a cynic, laughed outright.

But the Nightingale understood the secret of the Student's sorrow, and she sat silent in the oak-tree, and thought about the mystery of Love.

Suddenly she spread her brown wings for flight, and soared into the air. She passed through the grove like a shadow, and like a shadow she sailed across the garden.

In the centre of the grass-plot was standing a beautiful Rose-tree, and when she saw it she flew over to it, and lit upon a spray.

que yo canto, él lo sufre; lo que para mí es alegría, para él es dolor. Ciertamente, el amor es algo maravilloso. Es más precioso que las esmeraldas, y más caro que los ópalos finos. Las perlas y las granadas no pueden comprarlo, ni se expone en el mercado. No se puede comprar a los mercaderes, ni se puede pesar en la balanza por oro».

«Los músicos se sentarán en el estrado», dijo el joven Estudiante, «y tocarán sus instrumentos de cuerda, y mi amor bailará al son del arpa y del violín. Ella bailará con tanta ligereza que sus pies no tocarán el suelo, y los cortesanos, con sus alegres vestidos, se agolparán a su alrededor. Pero conmigo no bailará, porque no tengo ninguna rosa roja que regalarle», y se arrojó sobre la hierba, enterró el rostro entre las manos y lloró.

«¿Por qué llora?», preguntó una pequeña Lagartija Verde, mientras corría a su lado con la cola en el aire.

«¿Sí, por qué?», dijo una Mariposa, que revoloteaba tras un rayo de sol.

«¿Sí, por qué?», susurró una Margarita a su vecina, en voz baja y suave.

«Está llorando por una rosa roja», dijo el Ruiseñor.

«¿Por una rosa roja?», exclamaron; «¡qué ridículo!», y el pequeño Lagartijo, que tenía algo de cínico, se reía a carcajadas.

Pero el Ruiseñor comprendió el secreto de la pena del Estudiante, y se sentó en silencio en el roble, y pensó en el misterio del Amor.

De repente, extendió sus alas marrones para volar y se elevó en el aire. Atravesó la arboleda como una sombra y, como una sombra, navegó por el jardín.

En el centro del prado había un hermoso Rosal, y cuando lo vio, voló hacia él y se posó sobre una rama.

"Give me a red rose," she cried, "and I will sing you my sweetest song."

But the Tree shook its head.

"My roses are white," it answered; "as white as the foam of the sea, and whiter than the snow upon the mountain. But go to my brother who grows round the old sun-dial, and perhaps he will give you what you want."

So the Nightingale flew over to the Rose-tree that was growing round the old sun-dial.

"Give me a red rose," she cried, "and I will sing you my sweetest song."

But the Tree shook its head.

"My roses are yellow," it answered; "as yellow as the hair of the mermaiden who sits upon an amber throne, and yellower than the daffodil that blooms in the meadow before the mower comes with his scythe. But go to my brother who grows beneath the Student's window, and perhaps he will give you what you want."

So the Nightingale flew over to the Rose-tree that was growing beneath the Student's window.

"Give me a red rose," she cried, "and I will sing you my sweetest song."

But the Tree shook its head.

"My roses are red," it answered, "as red as the feet of the dove, and redder than the great fans of coral that wave and wave in the ocean-cavern. But the winter has chilled my veins, and the frost has nipped my buds, and the storm has broken my branches, and I shall have no roses at all this year."

"One red rose is all I want," cried the Nightingale, "only one red rose! Is there no way by which I can get it?"

«Dame una rosa roja», gritó, «y te cantaré mi más dulce canción».

Pero el Árbol negó con la cabeza.

«Mis rosas son blancas», respondió, «tan blancas como la espuma del mar y más blancas que la nieve de la montaña. Pero ve a mi hermano, que crece alrededor del viejo reloj de sol, y tal vez te dé lo que quieres».

Entonces el Ruiseñor voló hacia el Rosal que crecía alrededor del viejo reloj de sol.

«Dame una rosa roja», gritó, «y te cantaré mi más dulce canción».

Pero el Árbol negó con la cabeza.

«Mis rosas son amarillas», respondió, «tan amarillas como los cabellos de la sirena que se sienta en un trono de ámbar, y más amarillas que el narciso que florece en el prado antes de que llegue el segador con su guadaña. Pero ve a mi hermano que crece bajo la ventana del Estudiante, y quizás te dé lo que quieres».

Entonces el Ruiseñor voló hacia el Rosal que crecía bajo la ventana del Estudiante.

«Dame una rosa roja», gritó, «y te cantaré mi más dulce canción».

Pero el Árbol negó con la cabeza.

«Mis rosas son rojas», respondió, «tan rojas como los pies de la paloma, y más rojas que los grandes abanicos de coral que ondean y se agitan en la caverna del océano. Pero el invierno me ha helado las venas, y la escarcha ha cortado mis capullos, y la tormenta ha roto mis ramas, y este año no tendré rosas».

«Una rosa roja es todo lo que quiero», gritó el Ruiseñor, «¡sólo una rosa roja! ¿No hay manera de conseguirla?».

"There is a way," answered the Tree; "but it is so terrible that I dare not tell it to you."

"Tell it to me," said the Nightingale, "I am not afraid."

"If you want a red rose," said the Tree, "you must build it out of music by moonlight, and stain it with your own heart's-blood. You must sing to me with your breast against a thorn. All night long you must sing to me, and the thorn must pierce your heart, and your life-blood must flow into my veins, and become mine."

"Death is a great price to pay for a red rose," cried the Nightingale, "and Life is very dear to all. It is pleasant to sit in the green wood, and to watch the Sun in his chariot of gold, and the Moon in her chariot of pearl. Sweet is the scent of the hawthorn, and sweet are the bluebells that hide in the valley, and the heather that blows on the hill. Yet Love is better than Life, and what is the heart of a bird compared to the heart of a man?"

So she spread her brown wings for flight, and soared into the air. She swept over the garden like a shadow, and like a shadow she sailed through the grove.

The young Student was still lying on the grass, where she had left him, and the tears were not yet dry in his beautiful eyes.

"Be happy," cried the Nightingale, "be happy; you shall have your red rose. I will build it out of music by moonlight, and stain it with my own heart's-blood. All that I ask of you in return is that you will be a true lover, for Love is wiser than Philosophy, though she is wise, and mightier than Power, though he is mighty. Flame-coloured are his wings, and coloured like flame is his body. His lips are sweet as honey, and his breath is like frankincense."

The Student looked up from the grass, and listened, but he could not understand what the Nightingale was saying to him, for he only knew the things that are written down in books.

«Hay una manera», respondió el Árbol; «pero es tan terrible que no me atrevo a decírtela».

«Dímelo», dijo el Ruiseñor, «no tengo miedo».

«Si quieres una rosa roja», dijo el Árbol, «debes construirla con música a la luz de la luna, y mancharla con la sangre de tu propio corazón. Debes cantarme con tu pecho contra una espina. Durante toda la noche debes cantarme, y la espina debe atravesar tu corazón, y tu sangre vital debe fluir hacia mis venas, y convertirse en la mía».

«La muerte es un gran precio a pagar por una rosa roja», gritó el Ruiseñor, «y la Vida es muy querida por todos. Es agradable sentarse en el verde bosque, y observar al Sol en su carro de oro, y a la Luna en su carro de perlas. Dulce es el aroma del espino, y dulces son las campanillas que se esconden en el valle, y el brezo que cubre la colina. Pero el Amor es mejor que la Vida, y ¿qué es el corazón de un pájaro comparado con el corazón de un hombre?».

Así que extendió sus alas marrones para volar y se elevó en el aire. Como una sombra, pasó por encima del jardín, y como una sombra navegó por la arboleda.

El joven Estudiante seguía tumbado en la hierba, donde lo había dejado, y las lágrimas aún no se habían secado en sus hermosos ojos.

«Sé feliz», gritó el Ruiseñor, «sé feliz; tendrás tu rosa roja. La construiré con música a la luz de la luna y la teñiré con la sangre de mi corazón. Lo único que te pido a cambio es que seas un verdadero amante, pues el Amor es más sabio que la Filosofía, aunque ella sea sabia, y más poderosa que el Poder, aunque él sea potente. Sus alas son de color de llama, y su cuerpo es de color de llama. Sus labios son dulces como la miel, y su aliento es como el incienso».

El Estudiante levantó la vista de la hierba y escuchó, pero no pudo entender lo que el Ruiseñor le decía, pues sólo conocía las cosas que están escritas en los libros.

But the Oak-tree understood, and felt sad, for he was very fond of the little Nightingale who had built her nest in his branches.

"Sing me one last song," he whispered; "I shall feel very lonely when you are gone."

So the Nightingale sang to the Oak-tree, and her voice was like water bubbling from a silver jar.

When she had finished her song the Student got up, and pulled a note-book and a lead-pencil out of his pocket.

"She has form," he said to himself, as he walked away through the grove—"that cannot be denied to her; but has she got feeling? I am afraid not. In fact, she is like most artists; she is all style, without any sincerity. She would not sacrifice herself for others. She thinks merely of music, and everybody knows that the arts are selfish. Still, it must be admitted that she has some beautiful notes in her voice. What a pity it is that they do not mean anything, or do any practical good." And he went into his room, and lay down on his little pallet-bed, and began to think of his love; and, after a time, he fell asleep.

And when the Moon shone in the heavens the Nightingale flew to the Rose-tree, and set her breast against the thorn. All night long she sang with her breast against the thorn, and the cold crystal Moon leaned down and listened. All night long she sang, and the thorn went deeper and deeper into her breast, and her life-blood ebbed away from her.

She sang first of the birth of love in the heart of a boy and a girl. And on the top-most spray of the Rose-tree there blossomed a marvellous rose, petal following petal, as song followed song. Pale was it, at first, as the mist that hangs over the river—pale as the feet of the morning, and silver as the wings of the dawn. As the shadow of a rose in a mirror of silver, as the shadow of a rose in a water-pool, so was the rose that blossomed on the topmost spray of the Tree.

But the Tree cried to the Nightingale to press closer against the

Pero el Roble comprendió y se sintió triste, pues quería mucho al pequeño Ruiseñor que había construido su nido en sus ramas.

«Cántame una última canción», susurró; «me sentiré muy solo cuando te vayas».

Y el Ruiseñor le cantó al Roble, y su voz era como el agua que brota de una jarra de plata.

Cuando terminó su canción, el Estudiante se levantó y sacó de su bolsillo un cuaderno y un lápiz.

«El Ruiseñor tiene la forma», se dijo, mientras se alejaba por la arboleda, «eso no se le puede negar; pero ¿tiene sentimientos? Me temo que no. De hecho, es como la mayoría de los artistas; es todo estilo, sin ninguna sinceridad. No se sacrificaría por los demás. Sólo piensa en la música, y todo el mundo sabe que las artes son egoístas. Sin embargo, hay que admitir que tiene algunas notas hermosas en su voz. Es una lástima que no signifiquen nada, ni hagan ningún bien práctico». Y se fue a su habitación, y se acostó en su camita, y se puso a pensar en su amor; y, al cabo de un rato, se quedó dormido.

Y cuando la Luna brilló en el cielo, el Ruiseñor voló al Rosal y puso su pecho contra la espina. Toda la noche cantó con su pecho contra la espina, y la fría y cristalina Luna se inclinó y escuchó. Durante toda la noche cantó, y la espina se clavó cada vez más en su pecho, y su sangre vital se escurrió de él.

Cantó primero el nacimiento del amor en el corazón de un muchacho y una muchacha. Y en la copa del Rosal floreció una rosa maravillosa, pétalo tras pétalo, como a cada canción le siguió otra canción. Al principio era pálida como la niebla que se cierne sobre el río, pálida como los pies de la mañana y plateada como las alas del amanecer. Como la sombra de una rosa en un espejo de plata, como la sombra de una rosa en un estanque, así era la rosa que florecía en la cima del Árbol.

Pero el Árbol le gritó al Ruiseñor que se apretara más contra la

thorn. "Press closer, little Nightingale," cried the Tree, "or the Day will come before the rose is finished."

So the Nightingale pressed closer against the thorn, and louder and louder grew her song, for she sang of the birth of passion in the soul of a man and a maid.

And a delicate flush of pink came into the leaves of the rose, like the flush in the face of the bridegroom when he kisses the lips of the bride. But the thorn had not yet reached her heart, so the rose's heart remained white, for only a Nightingale's heart's-blood can crimson the heart of a rose.

And the Tree cried to the Nightingale to press closer against the thorn. "Press closer, little Nightingale," cried the Tree, "or the Day will come before the rose is finished."

So the Nightingale pressed closer against the thorn, and the thorn touched her heart, and a fierce pang of pain shot through her. Bitter, bitter was the pain, and wilder and wilder grew her song, for she sang of the Love that is perfected by Death, of the Love that dies not in the tomb.

And the marvellous rose became crimson, like the rose of the eastern sky. Crimson was the girdle of petals, and crimson as a ruby was the heart.

But the Nightingale's voice grew fainter, and her little wings be-gan to beat, and a film came over her eyes. Fainter and fainter grew her song, and she felt something choking her in her throat.

Then she gave one last burst of music. The white Moon heard it, and she forgot the dawn, and lingered on in the sky. The red rose heard it, and it trembled all over with ecstasy, and opened its petals to the cold morning air. Echo bore it to her purple cavern in the hills, and woke the sleeping shepherds from their dreams. It floated through the reeds of the river, and they carried its mes-sage to the sea.

"Look, look!" cried the Tree, "the rose is finished now"; but the

espina. «Aprieta más, pequeño Ruiseñor», gritó el Árbol, «o el Día llegará antes de que la rosa esté terminada».

Así que el Ruiseñor se apretó más contra la espina, y cada vez más fuerte creció su canción, pues cantaba el nacimiento de la pasión en el alma de un hombre y una doncella.

Y un delicado rubor de color rosa llegó a las hojas de la rosa, como el rubor del rostro del novio cuando besa los labios de la novia. Pero la espina no había llegado aún a su corazón, por lo que el corazón de la rosa permaneció blanco, pues sólo la sangre del corazón de un Ruiseñor puede enrojecer el corazón de una rosa.

Y el Árbol le gritó al Ruiseñor que se apretara más contra la espina. «Aprieta más, pequeño Ruiseñor», gritó el Árbol, «o el Día llegará antes de que la rosa esté terminada».

Así que el Ruiseñor se apretó más contra la espina, y la espina le tocó el corazón, y una feroz punzada de dolor le atravesó. Amargo, amargo fue el dolor, y más y más salvaje creció su canción, pues cantó al Amor que se perfecciona con la Muerte, al Amor que no muere en la tumba.

Y la maravillosa rosa se volvió carmesí, como la rosa del cielo oriental. Carmesí era el cinturón de pétalos, y carmesí como un rubí era el corazón.

Pero la voz del Ruiseñor se hizo más débil, y sus pequeñas alas comenzaron a batirse, y una película cubrió sus ojos. Su canto era cada vez más débil, y sintió que algo le ahogaba la garganta.

Entonces emitió un último arrebato de música. La Luna blanca la oyó, y se olvidó del amanecer, y se quedó en el cielo. La rosa roja la oyó, y se estremeció de éxtasis, y abrió sus pétalos al aire frío de la mañana. El eco la llevó a su caverna púrpura en las colinas, y despertó a los pastores dormidos de sus sueños. Flotó entre los juncos del río y ellos llevaron su mensaje al mar.

«¡Mira, mira!», gritó el Árbol, «la rosa ya está terminada»; pero

Nightingale made no answer, for she was lying dead in the long grass, with the thorn in her heart.

And at noon the Student opened his window and looked out.

"Why, what a wonderful piece of luck!" he cried; "here is a red rose! I have never seen any rose like it in all my life. It is so beautiful that I am sure it has a long Latin name"; and he leaned down and plucked it.

Then he put on his hat, and ran up to the Professor's house with the rose in his hand.

The daughter of the Professor was sitting in the doorway winding blue silk on a reel, and her little dog was lying at her feet.

"You said that you would dance with me if I brought you a red rose," cried the Student. "Here is the reddest rose in all the world. You will wear it to-night next your heart, and as we dance together it will tell you how I love you."

But the girl frowned.

"I am afraid it will not go with my dress," she answered; "and, besides, the Chamberlain's nephew has sent me some real jewels, and everybody knows that jewels cost far more than flowers."

"Well, upon my word, you are very ungrateful," said the Student angrily; and he threw the rose into the street, where it fell into the gutter, and a cart-wheel went over it.

"Ungrateful!" said the girl. "I tell you what, you are very rude; and, after all, who are you? Only a Student. Why, I don't believe you have even got silver buckles to your shoes as the Chamberlain's nephew has"; and she got up from her chair and went into the house.

"What a silly thing Love is," said the Student as he walked away. "It is not half as useful as Logic, for it does not prove anything,

el Ruiseñor no respondió, pues yacía muerto en la larga hierba, con la espina en el corazón.

Al mediodía, el Estudiante abrió la ventana y se asomó.

«¡Vaya, qué suerte!», exclamó, «¡aquí hay una rosa roja! No he visto ninguna rosa como ésta en toda mi vida. Es tan hermosa que estoy seguro de que tiene un largo nombre en latín»; y se inclinó y la arrancó.

Luego se puso el sombrero y corrió hasta la casa del Profesor con la rosa en la mano.

La hija del Profesor estaba sentada en la puerta enrollando seda azul en un carrete, y su perrito estaba echado a sus pies.

«Dijiste que bailarías conmigo si te traía una rosa roja», gritó el Estudiante. «Aquí tienes la rosa más roja de todo el mundo. La llevarás esta noche junto a tu corazón, y mientras bailamos juntos te dirá cómo te quiero».

Pero la muchacha frunció el ceño.

«Me temo que no combinará con mi vestido», respondió ella, «y, además, el sobrino del Chambelán me ha enviado unas joyas de verdad, y todo el mundo sabe que las joyas cuestan mucho más que las flores».

«Pues te aseguro que eres muy desagradecida», dijo enfadado el Estudiante; y arrojó la rosa a la calle, donde cayó en la cuneta, y una rueda de carro le pasó por encima.

«¡Ingrato!», dijo la muchacha. «Te digo que eres muy grosero; y, después de todo, ¿quién eres? Sólo un Estudiante. No creo que tengas ni siquiera hebillas de plata en tus zapatos, como el sobrino del Chambelán»; y se levantó de la silla y entró en la casa.

«Qué cosa más tonta es el Amor», dijo el Estudiante mientras se alejaba. «No es ni la mitad de útil que la Lógica, porque no de-

and it is always telling one of things that are not going to happen, and making one believe things that are not true. In fact, it is quite unpractical, and, as in this age to be practical is everything, I shall go back to Philosophy and study Metaphysics."

So he returned to his room and pulled out a great dusty book, and began to read.

muestra nada, y siempre le dice a uno cosas que no van a suceder, y le hace creer cosas que no son ciertas. De hecho, es muy poco práctico, y, como en esta época ser práctico lo es todo, volveré a la Filosofía y estudiaré Metafísica».

Así que volvió a su habitación, sacó un gran libro polvoriento y se puso a leer.

Every afternoon, as they were coming from school, the children used to go and play in the Giant's garden.

It was a large lovely garden, with soft green grass. Here and there over the grass stood beautiful flowers like stars, and there were twelve peach-trees that in the spring-time broke out into delicate blossoms of pink and pearl, and in the autumn bore rich fruit. The birds sat on the trees and sang so sweetly that the children used to stop their games in order to listen to them. "How happy we are here!" they cried to each other.

One day the Giant came back. He had been to visit his friend the Cornish ogre, and had stayed with him for seven years. After the seven years were over he had said all that he had to say, for his conversation was limited, and he determined to return to his own castle. When he arrived he saw the children playing in the garden.

"What are you doing here?" he cried in a very gruff voice, and the children ran away.

Todas las tardes, al volver de la escuela, los niños solían ir a jugar al jardín del Gigante.

Era un jardín grande y hermoso, con una hierba verde y suave. Aquí y allá, sobre la hierba, crecían hermosas flores como estrellas, y había doce durazneros que en primavera florecían con delicadeza, de color rosa y perla, y en otoño daban ricos frutos. Los pájaros se posaban en los árboles y cantaban con tanta dulzura que los niños solían detener sus juegos para escucharlos. «¡Qué felices somos aquí!», se gritaban unos a otros.

Un día el Gigante regresó. Había ido a visitar a su amigo el ogro de Cornualles, y se había quedado con él durante siete años. Una vez transcurridos los siete años, dijo todo lo que tenía que decir, pues su conversación era limitada, y decidió volver a su propio castillo. Cuando llegó vio a los niños jugando en el jardín.

«¿Qué hacen aquí?», gritó con voz muy ronca, y los niños salieron corriendo.

"My own garden is my own garden," said the Giant; "any one can understand that, and I will allow nobody to play in it but myself." So he built a high wall all round it, and put up a notice-board.

TRESPASSERS
WILL BE
PROSECUTED

He was a very selfish Giant.

The poor children had now nowhere to play. They tried to play on the road, but the road was very dusty and full of hard stones, and they did not like it. They used to wander round the high wall when their lessons were over, and talk about the beautiful garden inside. "How happy we were there," they said to each other.

Then the Spring came, and all over the country there were little blossoms and little birds. Only in the garden of the Selfish Giant it was still winter. The birds did not care to sing in it as there were no children, and the trees forgot to blossom. Once a beautiful flower put its head out from the grass, but when it saw the notice-board it was so sorry for the children that it slipped back into the ground again, and went off to sleep. The only people who were pleased were the Snow and the Frost. "Spring has forgotten this garden," they cried, "so we will live here all the year round." The Snow covered up the grass with her great white cloak, and the Frost painted all the trees silver. Then they invited the North Wind to stay with them, and he came. He was wrapped in furs, and he roared all day about the garden, and blew the chimney-pots down. "This is a delightful spot," he said, "we must ask the Hail on a visit." So

«Mi jardín es mi propio jardín», dijo el Gigante; «cualquiera puede entenderlo, y no permitiré que nadie juegue en él más que yo mismo». Así que construyó un alto muro a su alrededor y colocó un letrero de aviso.

PROHIBIDA LA ENTRADA.
LOS TRANSGRESORES SERÁN
PROCESADOS.

Era un Gigante muy egoísta.

Los pobres niños no tenían dónde jugar. Intentaron jugar en el camino, pero éste estaba muy polvoriento y lleno de piedras duras, y no les gustaba. Cuando terminaban las clases, se paseaban por el alto muro y hablaban del hermoso jardín que había dentro. «Qué felices éramos allí», se decían unos a otros.

Luego llegó la Primavera, y en todo el país había florecitas y pajaritos. Sólo en el jardín del Gigante Egoísta seguía siendo invierno. Los pájaros no se preocupaban de cantar en él, ya que no había niños, y los árboles se olvidaban de florecer. Una vez, una hermosa flor sacó la cabeza de la hierba, pero cuando vio el letrero se apenó tanto por los niños que volvió a meterse en la tierra y se fue a dormir. Los únicos que se alegraron fueron la Nieve y la Escarcha. «La Primavera se ha olvidado de este jardín», gritaron, «así que viviremos aquí todo el año». La Nieve cubrió la hierba con su gran manto blanco, y la Escarcha pintó de plata todos los árboles. Luego invitaron al Viento del Norte a quedarse con ellos, y éste vino. Iba envuelto en pieles, y se pasaba el día rugiendo por el jardín y derribando las chimeneas. «Este es un lugar encantador», dijo, «debemos pedirle al Granizo que nos visite». Así que el

the Hail came. Every day for three hours he rattled on the roof of the castle till he broke most of the slates, and then he ran round and round the garden as fast as he could go. He was dressed in grey, and his breath was like ice.

"I cannot understand why the Spring is so late in coming," said the Selfish Giant, as he sat at the window and looked out at his cold white garden; "I hope there will be a change in the weather."

But the Spring never came, nor the Summer. The Autumn gave golden fruit to every garden, but to the Giant's garden she gave none. "He is too selfish," she said. So it was always Winter there, and the North Wind, and the Hail, and the Frost, and the Snow danced about through the trees.

One morning the Giant was lying awake in bed when he heard some lovely music. It sounded so sweet to his ears that he thought it must be the King's musicians passing by. It was really only a little linnet singing outside his window, but it was so long since he had heard a bird sing in his garden that it seemed to him to be the most beautiful music in the world. Then the Hail stopped dancing over his head, and the North Wind ceased roaring, and a delicious perfume came to him through the open casement. "I believe the Spring has come at last," said the Giant; and he jumped out of bed and looked out.

What did he see?

He saw a most wonderful sight. Through a little hole in the wall the children had crept in, and they were sitting in the branches of the trees. In every tree that he could see there was a little child. And the trees were so glad to have the children back again that they had covered themselves with blossoms, and were waving their arms gently above the children's heads. The birds were flying about and twittering with delight, and the flowers were looking up through the green grass and laughing. It was a lovely scene, only in one corner it was still winter. It was the farthest corner of the garden, and in it was standing a little boy. He was so small that he could not reach up to the branches of the tree, and he was wan-

Granizo vino. Todos los días, durante tres horas, golpeaba el tejado del castillo hasta romper la mayoría de las tejas, y luego corría alrededor del jardín tan rápido como podía. Iba vestido de gris y su aliento era como el hielo.

«No puedo entender por qué la Primavera tarda tanto en llegar», dijo el Gigante Egoísta, mientras se sentaba en la ventana y miraba su frío jardín blanco; «espero que haya un cambio en el clima».

Pero la Primavera nunca llegó, ni el Verano. El Otoño dio frutos dorados a todos los jardines, pero al jardín del Gigante no le dio ninguno. «Es demasiado egoísta», dijo. Así que allí siempre fue Invierno, y el Viento del Norte, y el Granizo, y la Escarcha, y la Nieve danzaban entre los árboles.

Una mañana, el Gigante estaba despierto en la cama cuando oyó una música muy bonita. Sonaba tan dulce a sus oídos que pensó que debían ser los músicos del Rey que pasaban por allí. En realidad era sólo un pequeño pardillo que cantaba frente a su ventana, pero hacía tanto tiempo que no oía cantar a un pájaro en su jardín que le pareció la música más hermosa del mundo. Entonces el Granizo dejó de bailar sobre su cabeza, y el Viento del Norte cesó de rugir, y un delicioso perfume le llegó a través de la ventana abierta. «Creo que por fin ha llegado la Primavera», dijo el Gigante; y saltó de la cama y miró hacia afuera.

¿Qué es lo que vio?

Vio un espectáculo maravilloso. A través de un pequeño agujero en la pared, los niños se habían colado y estaban sentados en las ramas de los árboles. En cada árbol que pudo ver había un niño pequeño. Y los árboles estaban tan contentos de tener de nuevo a los niños que se habían cubierto de flores y agitaban suavemente los brazos por encima de las cabezas de los niños. Los pájaros volaban y trinaban de alegría, y las flores miraban hacia arriba a través de la verde hierba y se reían. Era una escena preciosa, sólo que en un rincón todavía era invierno. Era el rincón más alejado del jardín, y en él se encontraba un niño pequeño. Era tan pequeño que no podía alcanzar las ramas del árbol, y se paseaba por él,

dering all round it, crying bitterly. The poor tree was still quite covered with frost and snow, and the North Wind was blowing and roaring above it. "Climb up! little boy," said the Tree, and it bent its branches down as low as it could; but the boy was too tiny.

And the Giant's heart melted as he looked out. "How selfish I have been!" he said; "now I know why the Spring would not come here. I will put that poor little boy on the top of the tree, and then I will knock down the wall, and my garden shall be the children's playground for ever and ever." He was really very sorry for what he had done.

So he crept downstairs and opened the front door quite softly, and went out into the garden. But when the children saw him they were so frightened that they all ran away, and the garden became winter again. Only the little boy did not run, for his eyes were so full of tears that he did not see the Giant coming. And the Giant stole up behind him and took him gently in his hand, and put him up into the tree. And the tree broke at once into blossom, and the birds came and sang on it, and the little boy stretched out his two arms and flung them round the Giant's neck, and kissed him. And the other children, when they saw that the Giant was not wicked any longer, came running back, and with them came the Spring. "It is your garden now, little children," said the Giant, and he took a great axe and knocked down the wall. And when the people were going to market at twelve o'clock they found the Giant playing with the children in the most beautiful garden they had ever seen.

All day long they played, and in the evening they came to the Giant to bid him good-bye.

"But where is your little companion?" he said: "the boy I put into the tree." The Giant loved him the best because he had kissed him.

"We don't know," answered the children; "he has gone away."

"You must tell him to be sure and come here to-morrow," said the Giant. But the children said that they did not know where he lived, and had never seen him before; and the Giant felt very sad.

llorando amargamente. El pobre árbol estaba todavía cubierto de escarcha y nieve, y el Viento del Norte soplaba y rugía sobre él. «¡Sube, pequeño!», dijo el Árbol, y agachó sus ramas todo lo que pudo; pero el niño era demasiado pequeño.

Y el corazón del Gigante se derritió al mirar hacia afuera. «Qué egoísta he sido», dijo, «ahora sé por qué la Primavera no quiso venir aquí. Pondré a ese pobre niño en la copa del árbol, y luego derribaré el muro, y mi jardín será el lugar de juego de los niños por los siglos de los siglos». Estaba realmente muy arrepentido de lo que había hecho.

Así que bajó sigilosamente las escaleras, abrió la puerta de entrada con bastante suavidad y salió al jardín. Pero los niños, al verlo, se asustaron tanto que todos salieron corriendo, y el jardín volvió a ser invierno. Sólo el niño pequeño no corrió, pues tenía los ojos tan llenos de lágrimas que no vio venir al Gigante. El Gigante se acercó por detrás, lo cogió suavemente con la mano y lo subió al árbol. El árbol floreció de inmediato, y los pájaros vinieron a cantar en él, y el niño extendió sus dos brazos y los echó al cuello del Gigante, y lo besó. Y los otros niños, al ver que el Gigante ya no era malvado, volvieron corriendo, y con ellos llegó la Primavera. «Ahora es el jardín suyo, niñitos», dijo el Gigante, y tomó un gran hacha y derribó el muro. Y cuando la gente fue al mercado a las doce, encontró al Gigante jugando con los niños en el jardín más hermoso que jamás habían visto.

Durante todo el día jugaron, y al anochecer se acercaron al Gigante para despedirse de él.

«Pero, ¿dónde está el pequeño compañero?», dijo él: «El niño que puse en el árbol». El Gigante lo quería más porque lo había besado.

«No lo sabemos», respondieron los niños; «se ha ido».

«Hay que decirle que venga mañana», dijo el Gigante. Pero los niños dijeron que no sabían dónde vivía y que nunca lo habían visto, y el Gigante se sintió muy triste.

Every afternoon, when school was over, the children came and played with the Giant. But the little boy whom the Giant loved was never seen again. The Giant was very kind to all the children, yet he longed for his first little friend, and often spoke of him. "How I would like to see him!" he used to say.

Years went over, and the Giant grew very old and feeble. He could not play about any more, so he sat in a huge armchair, and watched the children at their games, and admired his garden. "I have many beautiful flowers," he said; "but the children are the most beautiful flowers of all."

One winter morning he looked out of his window as he was dressing. He did not hate the Winter now, for he knew that it was merely the Spring asleep, and that the flowers were resting.

Suddenly he rubbed his eyes in wonder, and looked and looked. It certainly was a marvellous sight. In the farthest corner of the garden was a tree quite covered with lovely white blossoms. Its branches were all golden, and silver fruit hung down from them, and underneath it stood the little boy he had loved.

Downstairs ran the Giant in great joy, and out into the garden. He hastened across the grass, and came near to the child. And when he came quite close his face grew red with anger, and he said, "Who hath dared to wound thee?" For on the palms of the child's hands were the prints of two nails, and the prints of two nails were on the little feet.

"Who hath dared to wound thee?" cried the Giant; "tell me, that I may take my big sword and slay him."

"Nay!" answered the child; "but these are the wounds of Love."

"Who art thou?" said the Giant, and a strange awe fell on him, and he knelt before the little child.

And the child smiled on the Giant, and said to him, "You let me play once in your garden, to-day you shall come with me to my garden, which is Paradise."

Todas las tardes, al terminar la escuela, los niños venían a jugar con el Gigante. Pero el niño al que el Gigante quería no volvió a ser visto. El Gigante era muy amable con todos los niños, pero añoraba a su primer amiguito, y a menudo hablaba de él. «¡Cómo me gustaría verlo!», solía decir.

Pasaron los años y el Gigante se hizo muy viejo y débil. Ya no podía jugar más, así que se sentó en un enorme sillón, y observó a los niños en sus juegos, y admiró su jardín. «Tengo muchas flores hermosas», decía, «pero los niños son las flores más hermosas de todas».

Una mañana de invierno miró por la ventana mientras se vestía. Ahora no odiaba el Invierno, pues sabía que era simplemente la Primavera dormida, y que las flores estaban descansando.

De repente se frotó los ojos con asombro, y miró y miró. Ciertamente era una vista maravillosa. En el rincón más alejado del jardín había un árbol cubierto de hermosas flores blancas. Sus ramas eran doradas y de ellas colgaban frutos plateados, y debajo de él estaba el niño que él había amado.

El Gigante bajó las escaleras con gran alegría y salió al jardín. Se apresuró a cruzar la hierba y se acercó al niño. Cuando se acercó, su rostro se puso rojo de ira y dijo: «¿Quién se ha atrevido a herirte?». Porque en las palmas de las manos del niño había las huellas de dos clavos, y las huellas de dos clavos estaban en los piececitos.

«¿Quién se ha atrevido a herirte?», gritó el Gigante; «dime, para que pueda tomar mi gran espada y matarlo».

«¡No!», respondió el niño; «estas son las heridas del Amor».

«¿Quién eres tú?», dijo el Gigante, y un extraño temor cayó sobre él, y se arrodilló ante el pequeño.

El niño sonrió al Gigante y le dijo: «Tú me dejaste jugar una vez en tu jardín, hoy vendrás conmigo a mi jardín, que es el Paraíso».

And when the children ran in that afternoon, they found the Giant lying dead under the tree, all covered with white blossoms.

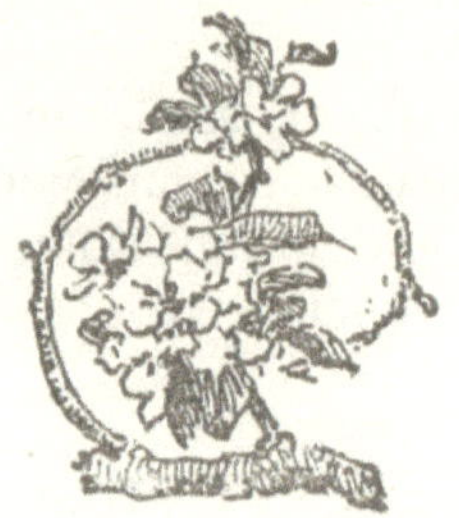

Y cuando los niños entraron corriendo aquella tarde, encontraron al Gigante muerto bajo el árbol, todo cubierto de flores blancas.

One morning the old Water-rat put his head out of his hole. He had bright beady eyes and stiff grey whiskers and his tail was like a long bit of black india-rubber. The little ducks were swimming about in the pond, looking just like a lot of yellow canaries, and their mother, who was pure white with real red legs, was trying to teach them how to stand on their heads in the water.

"You will never be in the best society unless you can stand on your heads," she kept saying to them; and every now and then she showed them how it was done. But the little ducks paid no attention to her. They were so young that they did not know what an advantage it is to be in society at all.

"What disobedient children!" cried the old Water-rat; "they really deserve to be drowned."

"Nothing of the kind," answered the Duck, "every one must make a beginning, and parents cannot be too patient."

"Ah! I know nothing about the feelings of parents," said the Water-rat; "I am not a family man. In fact, I have never been married, and I never intend to be. Love is all very well in its way, but friendship is much higher. Indeed, I know of nothing in the world that is either nobler or rarer than a devoted friendship."

"And what, pray, is your idea of the duties of a devoted friend?" asked a Green Linnet, who was sitting in a willow-tree hard by, and had overheard the conversation.

Una mañana, la vieja Rata de Agua sacó la cabeza de su agujero. Tenía unos ojos brillantes y unos bigotes grises y su cola era como un largo trozo de goma negra. Los patos pequeños nadaban en el estanque con el mismo aspecto que un montón de canarios amarillos, y su madre, de color blanco puro y con las patas verdaderamente rojas, intentaba enseñarles a hundir la cabeza en el agua.

«Nunca pertenecerán a lo mejor de la sociedad a menos que sepan sumergir sus cabezas», les decía una y otra vez; y de vez en cuando les mostraba cómo se hacía. Pero los patitos no le hacían caso. Eran tan jóvenes que no sabían la ventaja que supone pertenecer a la sociedad.

«¡Qué niños tan desobedientes!», gritó la vieja Rata de Agua; «realmente merecen ser ahogados».

«Nada de eso», respondió la Pata, «cada uno debe comenzar de alguna manera, y la paciencia de los padres nunca está de más».

«No sé nada de los sentimientos de los padres», dijo la Rata de Agua, «no soy un hombre de familia. De hecho, nunca me he casado y nunca pienso hacerlo. El amor está muy bien a su manera, pero la amistad es mucho más elevada. De hecho, no conozco nada en el mundo que sea más noble o más raro que una amistad fiel».

«¿Y cuál es tu idea de los deberes de un amigo fiel?», preguntó un Pardillo Verde, que estaba sentado en un sauce cercano y había escuchado la conversación.

"Yes, that is just what I want to know," said the Duck; and she swam away to the end of the pond, and stood upon her head, in order to give her children a good example.

"What a silly question!" cried the Water-rat. "I should expect my devoted friend to be devoted to me, of course."

"And what would you do in return?" said the little bird, swinging upon a silver spray, and flapping his tiny wings.

"I don't understand you," answered the Water-rat.

"Let me tell you a story on the subject," said the Linnet.

"Is the story about me?" asked the Water-rat. "If so, I will listen to it, for I am extremely fond of fiction."

"It is applicable to you," answered the Linnet; and he flew down, and alighting upon the bank, he told the story of The Devoted Friend.

"Once upon a time," said the Linnet, "there was an honest little fellow named Hans."

"Was he very distinguished?" asked the Water-rat.

"No," answered the Linnet, "I don't think he was distinguished at all, except for his kind heart, and his funny round good-humoured face. He lived in a tiny cottage all by himself, and every day he worked in his garden. In all the country-side there was no garden so lovely as his. Sweet-william grew there, and Gilly-flowers, and Shepherds'-purses, and Fair-maids of France. There were damask Roses, and yellow Roses, lilac Crocuses, and gold, purple Violets and white. Columbine and Ladysmock, Marjoram and Wild Basil, the Cowslip and the Flower-de-luce, the Daffodil and the Clove-Pink bloomed or blossomed in their proper order as the months went by, one flower taking another flower's place, so that there were always beautiful things to look at, and pleasant odours to smell.

«Sí, eso es justo lo que quiero saber», dijo la Pata; y se alejó nadando hasta el final del estanque, y sumergió la cabeza, para dar un buen ejemplo a sus hijos.

«Qué pregunta más tonta», gritó la Rata de Agua. «Yo esperaría que mi amigo fiel fuera fiel a mí, por supuesto».

«¿Y qué harías tú a cambio?», dijo el pajarito, balanceándose sobre un rocío plateado y batiendo sus pequeñas alas.

«No te entiendo», respondió la Rata de Agua.

«Deja que te cuente una historia sobre el tema», dijo el Pardillo.

«¿La historia es sobre mí?», preguntó la Rata de Agua. «Si es así, la escucharé, pues me gusta mucho la ficción».

«Es aplicable a ti», respondió el Pardillo; y bajó volando, y posándose en la orilla, contó la historia del Amigo Fiel.

«Érase una vez», dijo el Pardillo, «un honrado muchachito llamado Hans».

«¿Era muy distinguido?», preguntó la Rata de Agua.

«No», respondió el Pardillo, «no creo que fuera distinguido en absoluto, excepto por su corazón bondadoso y su graciosa y redonda cara de buen humor. Vivía en una casita sola, y todos los días trabajaba en su jardín. En todo el país no había un jardín tan bonito como el suyo. Allí crecían las flores del Clavel, las Bolsas del Pastor y los Botones de Oro. Había Rosas de damasco, y Rosas amarillas, Azafranes lilas, y dorados, Violetas moradas y blancas. La Colombina y la Malvarrosa, la Mejorana y la Albahaca silvestre, la Hierba de la vaca y la Flor de luz, el Narciso y el Clavo de olor, florecían en el orden que les correspondía a medida que pasaban los meses, y una flor ocupaba el lugar de otra, de modo que siempre había cosas hermosas que mirar y olores agradables que oler.

"Little Hans had a great many friends, but the most devoted friend of all was big Hugh the Miller. Indeed, so devoted was the rich Miller to little Hans, that he would never go by his garden without leaning over the wall and plucking a large nosegay, or a handful of sweet herbs, or filling his pockets with plums and cherries if it was the fruit season.

"'Real friends should have everything in common,' the Miller used to say, and little Hans nodded and smiled, and felt very proud of having a friend with such noble ideas.

"Sometimes, indeed, the neighbours thought it strange that the rich Miller never gave little Hans anything in return, though he had a hundred sacks of flour stored away in his mill, and six milch cows, and a large flock of woolly sheep; but Hans never troubled his head about these things, and nothing gave him greater pleasure than to listen to all the wonderful things the Miller used to say about the unselfishness of true friendship.

"So little Hans worked away in his garden. During the spring, the summer, and the autumn he was very happy, but when the winter came, and he had no fruit or flowers to bring to the market, he suffered a good deal from cold and hunger, and often had to go to bed without any supper but a few dried pears or some hard nuts. In the winter, also, he was extremely lonely, as the Miller never came to see him then.

"'There is no good in my going to see little Hans as long as the snow lasts,' the Miller used to say to his wife, 'for when people are in trouble they should be left alone, and not be bothered by visitors. That at least is my idea about friendship, and I am sure I am right. So I shall wait till the spring comes, and then I shall pay him a visit, and he will be able to give me a large basket of primroses and that will make him so happy.'

"'You are certainly very thoughtful about others,' answered the Wife, as she sat in her comfortable armchair by the big pinewood fire; 'very thoughtful indeed. It is quite a treat to hear you talk about friendship. I am sure the clergyman himself could not say such beautiful things as you do, though he does live in a three-sto-

«El pequeño Hans tenía muchos amigos, pero el más devoto de todos era el gran Hugh, el molinero. Era tal la devoción del rico Molinero por el pequeño Hans, que nunca pasaba por su jardín sin inclinarse sobre el muro y arrancar una gran flor, o un puñado de hierbas dulces, o llenarse los bolsillos de ciruelas y cerezas si era la temporada de la fruta.

«"Los verdaderos amigos deben tener todo en común", solía decir el Molinero, y el pequeño Hans asentía y sonreía, y se sentía muy orgulloso de tener un amigo con ideas tan nobles.

«A veces los vecinos se extrañaban de que el rico Molinero no diera nunca nada a cambio al pequeño Hans, a pesar de que tenía cien sacos de harina almacenados en su molino, y seis vacas lecheras, y un gran rebaño de ovejas lanudas; pero Hans nunca se preocupaba por estas cosas, y nada le producía mayor placer que escuchar todas las cosas maravillosas que el Molinero solía decir sobre el desinterés de la verdadera amistad.

«El pequeño Hans trabajaba en su jardín. Durante la primavera, el verano y el otoño era muy feliz, pero cuando llegaba el invierno, y no tenía frutas ni flores que llevar al mercado, sufría mucho de frío y hambre, y a menudo tenía que irse a la cama sin cenar más que unas peras secas o unas nueces duras. Además, en invierno se sentía muy solo, ya que el Molinero nunca iba a verle.

«"No tiene sentido que vaya a ver al pequeño Hans mientras dure la nieve", solía decir el Molinero a su mujer, "porque cuando la gente tiene problemas hay que dejarla sola y no molestarla con visitas. Esa es al menos mi idea de la amistad, y estoy seguro de que tengo razón. Así que esperaré a que llegue la primavera, y entonces le haré una visita, y podrá regalarme una gran cesta de prímulas y eso le hará muy feliz".

«"Ciertamente eres muy considerado con los demás", respondió la Esposa, mientras se sentaba en su cómodo sillón junto a la gran chimenea de madera de pino; "realmente muy considerado. Es un placer oírte hablar de la amistad. Estoy segura de que el propio clérigo no podría decir cosas tan bonitas como las que tú

ried house, and wear a gold ring on his little finger.'

"'But could we not ask little Hans up here?' said the Miller's youngest son. 'If poor Hans is in trouble I will give him half my porridge, and show him my white rabbits.'

"'What a silly boy you are!' cried the Miller; 'I really don't know what is the use of sending you to school. You seem not to learn anything. Why, if little Hans came up here, and saw our warm fire, and our good supper, and our great cask of red wine, he might get envious, and envy is a most terrible thing, and would spoil anybody's nature. I certainly will not allow Hans' nature to be spoiled. I am his best friend, and I will always watch over him, and see that he is not led into any temptations. Besides, if Hans came here, he might ask me to let him have some flour on credit, and that I could not do. Flour is one thing, and friendship is another, and they should not be confused. Why, the words are spelt differently, and mean quite different things. Everybody can see that.'

"'How well you talk!' said the Miller's Wife, pouring herself out a large glass of warm ale; 'really I feel quite drowsy. It is just like being in church.'

"'Lots of people act well,' answered the Miller; 'but very few people talk well, which shows that talking is much the more difficult thing of the two, and much the finer thing also'; and he looked sternly across the table at his little son, who felt so ashamed of himself that he hung his head down, and grew quite scarlet, and began to cry into his tea. However, he was so young that you must excuse him."

"Is that the end of the story?" asked the Water-rat.

"Certainly not," answered the Linnet, "that is the beginning."

"Then you are quite behind the age," said the Water-rat. "Every good story-teller nowadays starts with the end, and then goes on to the beginning, and concludes with the middle. That is the new

dices, aunque viva en una casa de tres pisos y lleve un anillo de oro en el dedo meñique".

«"¿Pero no podríamos pedirle al pequeño Hans que suba aquí?", dijo el hijo menor del Molinero. "Si el pobre Hans tiene problemas, le daré la mitad de mis cereales y le enseñaré mis conejos blancos".

«"¡Qué niño tan tonto eres!", gritó el Molinero; "realmente no sé de qué sirve enviarte a la escuela. Parece que no aprendes nada. Si el pequeño Hans viniera aquí y viera nuestro cálido fuego, nuestra buena cena y nuestro gran barril de vino tinto, podría sentir envidia, y la envidia es algo terrible, que arruinaría la naturaleza de cualquiera. No voy a permitir que se estropee la naturaleza de Hans. Soy su mejor amigo, y siempre velaré por él, y procuraré que no caiga en ninguna tentación. Además, si Hans viniera aquí, podría pedirme que le dejara algo de harina a crédito, y eso no podría hacerlo. Una cosa es la harina y otra la amistad, y no hay que confundirlas. Las palabras se escriben de forma diferente y significan cosas muy distintas. Todo el mundo puede verlo".

«"¡Qué bien hablas!", dijo la Esposa del Molinero, sirviéndose un gran vaso de cerveza caliente; "realmente me siento muy adormecida. Es como estar en la iglesia"».

«"Mucha gente actúa bien", respondió el Molinero, "pero muy poca gente habla bien, lo que demuestra que hablar es la cosa más difícil de las dos, y también la más fina"; y miró severamente a su hijo pequeño a través de la mesa, que se sintió tan avergonzado de sí mismo que bajó la cabeza, se ruborizó y empezó a llorar sobre su té. Sin embargo, era tan joven que hay que disculparlo».

«¿Es ése el final de la historia?», preguntó la Rata de Agua.

«Desde luego que no», respondió el Pardillo, «es el principio».

«Entonces estás muy atrasado», dijo la Rata de Agua. «Hoy en día, todos los buenos narradores empiezan por el final, siguen por el principio y terminan por el medio. Ese es el nuevo método.

method. I heard all about it the other day from a critic who was walking round the pond with a young man. He spoke of the matter at great length, and I am sure he must have been right, for he had blue spectacles and a bald head, and whenever the young man made any remark, he always answered 'Pooh!' But pray go on with your story. I like the Miller immensely. I have all kinds of beautiful sentiments myself, so there is a great sympathy between us."

"Well," said the Linnet, hopping now on one leg and now on the other, "as soon as the winter was over, and the primroses began to open their pale yellow stars, the Miller said to his wife that he would go down and see little Hans.

"'Why, what a good heart you have!' cried his Wife; 'you are always thinking of others. And mind you take the big basket with you for the flowers.'

"So the Miller tied the sails of the windmill together with a strong iron chain, and went down the hill with the basket on his arm.

"'Good morning, little Hans,' said the Miller.

"'Good morning,' said Hans, leaning on his spade, and smiling from ear to ear.

"'And how have you been all the winter?' said the Miller.

"'Well, really,' cried Hans, 'it is very good of you to ask, very good indeed. I am afraid I had rather a hard time of it, but now the spring has come, and I am quite happy, and all my flowers are doing well.'

"'We often talked of you during the winter, Hans,' said the Miller, 'and wondered how you were getting on.'

"'That was kind of you,' said Hans; 'I was half afraid you had forgotten me.'

"'Hans, I am surprised at you,' said the Miller; 'friendship never

El otro día oí hablar de ello a un crítico que paseaba por el estanque con un joven. Habló largo y tendido del asunto, y estoy seguro de que debía de tener razón, porque tenía gafas azules y la cabeza calva, y siempre que el joven hacía algún comentario, respondía, "¡Pse!". Pero, por favor, sigue con tu historia. Me gusta mucho el Molinero. Yo también tengo toda clase de bellos sentimientos, así que hay una gran simpatía entre nosotros».

«Pues bien», dijo el Pardillo, saltando ahora sobre una pata y ahora sobre la otra, «en cuanto pasó el invierno y las prímulas empezaron a abrir sus pálidas estrellas amarillas, el Molinero dijo a su mujer que bajaría a ver al pequeño Hans.

«"¡Qué buen corazón tienes!", gritó su mujer, "siempre estás pensando en los demás. Y no te olvides de llevar la gran cesta para las flores".

«El Molinero ató las aspas del molino con una fuerte cadena de hierro y bajó la colina con la cesta en el brazo.

«"Buenos días, pequeño Hans", dijo el Molinero.

«"Buenos días", dijo Hans, apoyado en su pala y con una sonrisa de oreja a oreja.

«"¿Y cómo has estado todo el invierno?", dijo el Molinero.

«"Bien, de verdad", exclamó Hans, "es realmente muy bueno que me lo preguntes. Me temo que lo pasé bastante mal, pero ahora ha llegado la primavera y estoy muy contento, y todas mis flores están bien".

«"Hemos hablado a menudo de ti durante el invierno, Hans", dijo el Molinero, "y nos preguntábamos cómo te iba".

«"Es muy amable de tu parte", dijo Hans; "casi temía que te hubieras olvidado de mí".

«"Hans, me sorprendes", dijo el Molinero; "la amistad nunca

forgets. That is the wonderful thing about it, but I am afraid you don't understand the poetry of life. How lovely your primroses are looking, by-the-bye!"

"'They are certainly very lovely,' said Hans, 'and it is a most lucky thing for me that I have so many. I am going to bring them into the market and sell them to the Burgomaster's daughter, and buy back my wheelbarrow with the money.'

"'Buy back your wheelbarrow? You don't mean to say you have sold it? What a very stupid thing to do!'

"'Well, the fact is,' said Hans, 'that I was obliged to. You see the winter was a very bad time for me, and I really had no money at all to buy bread with. So I first sold the silver buttons off my Sunday coat, and then I sold my silver chain, and then I sold my big pipe, and at last I sold my wheelbarrow. But I am going to buy them all back again now.'

"'Hans,' said the Miller, 'I will give you my wheelbarrow. It is not in very good repair; indeed, one side is gone, and there is something wrong with the wheel-spokes; but in spite of that I will give it to you. I know it is very generous of me, and a great many people would think me extremely foolish for parting with it, but I am not like the rest of the world. I think that generosity is the essence of friendship, and, besides, I have got a new wheelbarrow for myself. Yes, you may set your mind at ease, I will give you my wheelbarrow.'

"'Well, really, that is generous of you,' said little Hans, and his funny round face glowed all over with pleasure. 'I can easily put it in repair, as I have a plank of wood in the house.'

"'A plank of wood!' said the Miller; 'why, that is just what I want for the roof of my barn. There is a very large hole in it, and the corn will all get damp if I don't stop it up. How lucky you mentioned it! It is quite remarkable how one good action always breeds another. I have given you my wheelbarrow, and now you are going to give me your plank. Of course, the wheelbarrow is worth far more than the plank, but true, friendship never notices things like that. Pray

olvida. Eso es lo maravilloso, pero me temo que no entiendes la poesía de la vida. Por cierto, ¡qué bonitas están tus prímulas!".

«"Ciertamente son muy bonitas", dijo Hans, "y es una gran suerte para mí tener tantas. Voy a llevarlas al mercado y venderlas a la hija del burgomaestre, y con el dinero recuperaré mi carretilla".

«"¿Recuperar tu carretilla? ¿No querrás decir que la has vendido? ¡Qué cosa más estúpida!".

«"Bueno, el hecho es", dijo Hans, "que me vi obligado a hacerlo. El invierno fue muy malo para mí, y no tenía dinero para comprar pan. Así que primero vendí los botones de plata de mi abrigo de los domingos, y luego vendí mi cadena de plata, y luego vendí mi gran pipa, y por último vendí mi carretilla. Pero ahora voy a volver a comprar todo".

«"Hans", dijo el Molinero, "te daré mi carretilla. No está en muy buen estado; de hecho, uno de los lados está estropeado, y hay algún problema con los radios de las ruedas; pero, a pesar de ello, te la daré. Sé que es muy generoso por mi parte, y que mucha gente pensaría que soy muy tonto por desprenderme de ella, pero no soy como el resto del mundo. Creo que la generosidad es la esencia de la amistad y, además, he comprado una carretilla nueva para mí. Sí, puedes estar tranquilo, te daré mi carretilla".

«"Bueno, realmente, es generoso de tu parte", dijo el pequeño Hans, y su graciosa y redonda cara brilló de placer. "Puedo arreglarlo fácilmente, ya que tengo un tablón de madera en la casa".

«"Un tablón de madera", dijo el Molinero, "eso es justo lo que necesito para el techo de mi granero. Hay un agujero muy grande en él, y todo el maíz se humedecerá si no lo tapo. ¡Qué suerte que lo hayas mencionado! Es notable cómo una buena acción siempre engendra otra. Te he dado mi carretilla, y ahora tú me vas a dar tu tablón. Por supuesto, la carretilla vale mucho más que el tablón, pero es cierto que la amistad nunca se fija en esas cosas. Te ruego

get it at once, and I will set to work at my barn this very day.'

"'Certainly,' cried little Hans, and he ran into the shed and dragged the plank out.

"'It is not a very big plank,' said the Miller, looking at it, 'and I am afraid that after I have mended my barn-roof there won't be any left for you to mend the wheelbarrow with; but, of course, that is not my fault. And now, as I have given you my wheelbarrow, I am sure you would like to give me some flowers in return. Here is the basket, and mind you fill it quite full.'

"'Quite full?' said little Hans, rather sorrowfully, for it was really a very big basket, and he knew that if he filled it he would have no flowers left for the market and he was very anxious to get his silver buttons back.

"'Well, really,' answered the Miller, 'as I have given you my wheelbarrow, I don't think that it is much to ask you for a few flowers. I may be wrong, but I should have thought that friendship, true friendship, was quite free from selfishness of any kind.'

"'My dear friend, my best friend,' cried little Hans, 'you are welcome to all the flowers in my garden. I would much sooner have your good opinion than my silver buttons, any day'; and he ran and plucked all his pretty primroses, and filled the Miller's basket.

"'Good-bye, little Hans,' said the Miller, as he went up the hill with the plank on his shoulder, and the big basket in his hand.

"'Good-bye,' said little Hans, and he began to dig away quite merrily, he was so pleased about the wheelbarrow.

"The next day he was nailing up some honeysuckle against the porch, when he heard the Miller's voice calling to him from the road. So he jumped off the ladder, and ran down the garden, and looked over the wall.

"There was the Miller with a large sack of flour on his back.

que la cojas en seguida, y yo me pondré a trabajar en mi granero hoy mismo".

«"Por supuesto", gritó el pequeño Hans, y corrió al cobertizo y sacó el tablón.

«"No es un tablón muy grande", dijo el Molinero, mirándolo, "y me temo que después de que haya arreglado el tejado de mi granero no te quedará nada con lo que arreglar la carretilla; pero, por supuesto, eso no es culpa mía. Y ahora, como te he dado mi carretilla, estoy seguro de que te gustaría darme algunas flores a cambio. Aquí está la cesta, y procura llenarla bien".

«"¿Bien llena?", dijo el pequeño Hans, bastante afligido, pues en realidad era una cesta muy grande, y sabía que si la llenaba no le quedarían flores para el mercado y estaba muy ansioso por recuperar sus botones de plata.

«"Bueno, en realidad", respondió el Molinero, "como te he dado mi carretilla, no creo que sea mucho pedirte unas cuantas flores. Puede que me equivoque, pero yo creía que la amistad, la verdadera amistad, estaba libre de cualquier tipo de egoísmo".

«"Mi querido amigo, mi mejor amigo", gritó el pequeño Hans, "con gusto te regalo todas las flores de mi jardín. Preferiría tener tu buena opinión antes que mis botones de plata", y corrió a arrancar todas sus bonitas prímulas y llenó la cesta del Molinero.

«"Adiós, pequeño Hans", dijo el Molinero, mientras subía la colina con el tablón al hombro y la gran cesta en la mano.

«"Adiós", dijo el pequeño Hans, y se puso a cavar alegremente; tan contento estaba respecto a la carretilla.

«Al día siguiente él estaba sujetando unas madreselvas en el porche, cuando oyó la voz del Molinero llamándole desde el camino. Así que saltó de la escalera y corrió por el jardín, y miró por encima del muro.

«Allí estaba el Molinero con un gran saco de harina a la espalda.

"'Dear little Hans,' said the Miller, 'would you mind carrying this sack of flour for me to market?'

"'Oh, I am so sorry,' said Hans, 'but I am really very busy to-day. I have got all my creepers to nail up, and all my flowers to water, and all my grass to roll.'

"'Well, really,' said the Miller, 'I think that, considering that I am going to give you my wheelbarrow, it is rather unfriendly of you to refuse.'

"'Oh, don't say that,' cried little Hans, 'I wouldn't be unfriendly for the whole world'; and he ran in for his cap, and trudged off with the big sack on his shoulders.

"It was a very hot day, and the road was terribly dusty, and before Hans had reached the sixth milestone he was so tired that he had to sit down and rest. However, he went on bravely, and as last he reached the market. After he had waited there some time, he sold the sack of flour for a very good price, and then he returned home at once, for he was afraid that if he stopped too late he might meet some robbers on the way.

"'It has certainly been a hard day,' said little Hans to himself as he was going to bed, 'but I am glad I did not refuse the Miller, for he is my best friend, and, besides, he is going to give me his wheelbarrow.'

"Early the next morning the Miller came down to get the money for his sack of flour, but little Hans was so tired that he was still in bed.

"'Upon my word,' said the Miller, 'you are very lazy. Really, considering that I am going to give you my wheelbarrow, I think you might work harder. Idleness is a great sin, and I certainly don't like any of my friends to be idle or sluggish. You must not mind my speaking quite plainly to you. Of course I should not dream of doing so if I were not your friend. But what is the good of friendship if one cannot say exactly what one means? Anybody can say

«"Querido Hans", dijo el Molinero, "¿te importaría llevarme este saco de harina al mercado?".

«"Oh, lo siento mucho", dijo Hans, "pero hoy estoy muy ocupado. Tengo que sujetar todas mis enredaderas, regar todas mis flores y cortar todo mi césped".

«"Bueno, en realidad", dijo el Molinero, "creo que, teniendo en cuenta que te voy a regalar mi carretilla, es bastante poco amistoso por tu parte negarte".

«"No digas eso", exclamó el pequeño Hans, "yo no sería poco amistoso por nada del mundo", y corrió a por su gorra y se marchó con el gran saco sobre los hombros.

«Era un día muy caluroso y el camino estaba terriblemente polvoriento, y antes de que Hans llegara al sexto mojón estaba tan cansado que tuvo que sentarse a descansar. Sin embargo, siguió adelante con valentía, y por fin llegó al mercado. Después de esperar allí un rato, vendió el saco de harina a muy buen precio, y luego regresó a casa de inmediato, pues temía que si se detenía demasiado tarde podría encontrarse con algún ladrón en el camino.

«"Ha sido un día muy duro", se dijo el pequeño Hans cuando se iba a acostar, "pero me alegro de no haber rechazado al Molinero, porque es mi mejor amigo y, además, me va a regalar su carretilla".

«A la mañana siguiente, temprano, el Molinero bajó a buscar el dinero de su saco de harina, pero el pequeño Hans estaba tan cansado que seguía en la cama.

«"Te aseguro", dijo el Molinero, "que eres muy perezoso. Realmente, considerando que voy a darte mi carretilla, creo que deberías trabajar más. El ocio es un gran pecado, y ciertamente no me gusta que ninguno de mis amigos sea ocioso o perezoso. No debe importarle que le hable con franqueza. Por supuesto que no se me ocurriría hacerlo si no fuera tu amigo. Pero ¿de qué sirve la amistad si uno no puede decir exactamente lo que quiere decir?

charming things and try to please and to flatter, but a true friend always says unpleasant things, and does not mind giving pain. Indeed, if he is a really true friend he prefers it, for he knows that then he is doing good.'

"'I am very sorry,' said little Hans, rubbing his eyes and pulling off his night-cap, 'but I was so tired that I thought I would lie in bed for a little time, and listen to the birds singing. Do you know that I always work better after hearing the birds sing?'

"'Well, I am glad of that,' said the Miller, clapping little Hans on the back, 'for I want you to come up to the mill as soon as you are dressed, and mend my barn-roof for me.'

"Poor little Hans was very anxious to go and work in his garden, for his flowers had not been watered for two days, but he did not like to refuse the Miller, as he was such a good friend to him.

"'Do you think it would be unfriendly of me if I said I was busy?' he inquired in a shy and timid voice.

"'Well, really,' answered the Miller, 'I do not think it is much to ask of you, considering that I am going to give you my wheelbarrow; but of course if you refuse I will go and do it myself.'

"'Oh! on no account,' cried little Hans and he jumped out of bed, and dressed himself, and went up to the barn.

"He worked there all day long, till sunset, and at sunset the Miller came to see how he was getting on.

"'Have you mended the hole in the roof yet, little Hans?' cried the Miller in a cheery voice.

"'It is quite mended,' answered little Hans, coming down the ladder.

"'Ah!' said the Miller, 'there is no work so delightful as the work

Cualquiera puede decir cosas encantadoras y tratar de complacer y halagar, pero un verdadero amigo siempre dice cosas desagradables, y no le importa hacer daño. De hecho, si es un verdadero amigo lo prefiere, porque sabe que entonces está haciendo el bien".

«"Lo siento mucho", dijo el pequeño Hans, frotándose los ojos y quitándose la gorra de dormir, "pero estaba tan cansado que pensé en quedarme un rato en la cama y escuchar el canto de los pájaros. ¿Sabes que siempre trabajo mejor después de oír el canto de los pájaros?".

«"Me alegro", dijo el Molinero, dándole una palmada en la espalda al pequeño Hans, "porque quiero que subas al molino en cuanto te hayas vestido y me arregles el tejado del granero".

«El pobrecito Hans tenía muchas ganas de ir a trabajar a su jardín, pues sus flores llevaban dos días sin ser regadas, pero no le gustaba rechazar al Molinero, ya que era un buen amigo suyo.

«"¿Crees que sería antipático por mi parte si dijera que estoy ocupado?", preguntó con voz tímida.

«"Bueno, realmente", respondió el Molinero, "no creo que sea mucho pedirte, considerando que voy a darte mi carretilla; pero por supuesto, si te niegas, iré y lo haré yo mismo".

«"¡Oh! de ninguna manera", gritó el pequeño Hans y saltó de la cama, se vistió y subió al granero.

«Trabajó allí todo el día, hasta la puesta de sol, y al atardecer el Molinero vino a ver cómo le iba.

«"¿Ya has arreglado el agujero del tejado, pequeño Hans?", gritó el Molinero con voz alegre.

«"Ya está arreglado", contestó el pequeño Hans, bajando la escalera.

«El Molinero dijo: "No hay trabajo tan agradable como el que se

one does for others.'

"'It is certainly a great privilege to hear you talk,' answered little Hans, sitting down, and wiping his forehead, 'a very great privilege. But I am afraid I shall never have such beautiful ideas as you have.'

"'Oh! they will come to you,' said the Miller, 'but you must take more pains. At present you have only the practice of friendship; some day you will have the theory also.'

"'Do you really think I shall?' asked little Hans.

"'I have no doubt of it,' answered the Miller, 'but now that you have mended the roof, you had better go home and rest, for I want you to drive my sheep to the mountain to-morrow.'

"Poor little Hans was afraid to say anything to this, and early the next morning the Miller brought his sheep round to the cottage, and Hans started off with them to the mountain. It took him the whole day to get there and back; and when he returned he was so tired that he went off to sleep in his chair, and did not wake up till it was broad daylight.

"'What a delightful time I shall have in my garden,' he said, and he went to work at once.

"But somehow he was never able to look after his flowers at all, for his friend the Miller was always coming round and sending him off on long errands, or getting him to help at the mill. Little Hans was very much distressed at times, as he was afraid his flowers would think he had forgotten them, but he consoled himself by the reflection that the Miller was his best friend. 'Besides,' he used to say, 'he is going to give me his wheelbarrow, and that is an act of pure generosity.'

"So little Hans worked away for the Miller, and the Miller said all kinds of beautiful things about friendship, which Hans took down in a note-book, and used to read over at night, for he was a very good scholar.

hace para los demás".

«"Es un gran privilegio oírte hablar", respondió el pequeño Hans, sentándose y secándose la frente, "un gran privilegio. Pero me temo que nunca tendré ideas tan hermosas como las tuyas".

«"¡Oh! vendrán a ti", dijo el Molinero, "pero debes esforzarte más. Ahora sólo tienes la práctica de la amistad; algún día tendrás también la teoría".

«"¿Crees que la tendré?", preguntó el pequeño Hans.

«"No lo dudo", respondió el Molinero, "pero ahora que has arreglado el tejado, será mejor que te vayas a casa a descansar, porque mañana quiero que lleves mis ovejas a la montaña".

«El pobrecito Hans no se atrevió a decir nada al respecto, y a la mañana siguiente el Molinero llevó sus ovejas a la casa, y Hans partió con ellas hacia la montaña. Tardó todo el día en ir y volver, y cuando regresó estaba tan cansado que se durmió en su silla y no se despertó hasta que se hizo de día.

«"Qué bien me lo voy a pasar en mi jardín", dijo, y se puso a trabajar enseguida.

«Pero, de alguna manera, nunca pudo ocuparse de sus flores, pues su amigo el Molinero venía siempre a hacerle largos recados o a pedirle que le ayudara en el molino. El pequeño Hans se angustiaba mucho a veces, pues temía que sus flores creyeran que las había olvidado, pero se consolaba pensando que el Molinero era su mejor amigo. "Además", decía, "me va a regalar su carretilla, y eso es un acto de pura generosidad".

«Así, el pequeño Hans trabajaba para el Molinero, y éste le decía toda clase de cosas hermosas sobre la amistad, que Hans anotaba en un cuaderno y solía leer por la noche, pues era un gran estudioso.

"Now it happened that one evening little Hans was sitting by his fireside when a loud rap came at the door. It was a very wild night, and the wind was blowing and roaring round the house so terribly that at first he thought it was merely the storm. But a second rap came, and then a third, louder than any of the others.

"'It is some poor traveller,' said little Hans to himself, and he ran to the door.

"There stood the Miller with a lantern in one hand and a big stick in the other.

"'Dear little Hans,' cried the Miller, 'I am in great trouble. My little boy has fallen off a ladder and hurt himself, and I am going for the Doctor. But he lives so far away, and it is such a bad night, that it has just occurred to me that it would be much better if you went instead of me. You know I am going to give you my wheelbarrow, and so, it is only fair that you should do something for me in return.'

"'Certainly,' cried little Hans, 'I take it quite as a compliment your coming to me, and I will start off at once. But you must lend me your lantern, as the night is so dark that I am afraid I might fall into the ditch.'

"'I am very sorry,' answered the Miller, 'but it is my new lantern, and it would be a great loss to me if anything happened to it.'

"'Well, never mind, I will do without it,' cried little Hans, and he took down his great fur coat, and his warm scarlet cap, and tied a muffler round his throat, and started off.

"What a dreadful storm it was! The night was so black that little Hans could hardly see, and the wind was so strong that he could scarcely stand. However, he was very courageous, and after he had been walking about three hours, he arrived at the Doctor's house, and knocked at the door.

"'Who is there?' cried the Doctor, putting his head out of his

«Sucedió que una noche el pequeño Hans estaba sentado junto al fuego cuando se oyó un fuerte golpe en la puerta. Era una noche muy salvaje, y el viento soplaba y rugía alrededor de la casa tan terriblemente que al principio pensó que era simplemente la tormenta. Pero llegó un segundo golpe, y luego un tercero, más fuerte que los anteriores.

«"Es algún pobre viajero", se dijo el pequeño Hans, y corrió hacia la puerta.

«Allí estaba el Molinero con una linterna en una mano y un gran palo en la otra.

«"Querido Hans", gritó el Molinero, "estoy en un gran problema. Mi hijo se ha caído de una escalera y se ha hecho daño, y voy a buscar al médico. Pero éste vive tan lejos, y es una noche tan mala, que se me acaba de ocurrir que sería mucho mejor que fueras tú en mi lugar. Ya sabes que te voy a dar mi carretilla, así que es justo que tú hagas algo por mí a cambio".

«"Ciertamente", exclamó el pequeño Hans, "me parece un cumplido que hayas venido a verme, y me pondré en marcha enseguida. Pero debes prestarme tu linterna, pues la noche es tan oscura que temo caer en una zanja".

«"Lo siento mucho", respondió el Molinero, "pero es mi linterna nueva, y sería una gran pérdida para mí si le pasara algo".

«"Bueno, no importa, me las arreglaré sin ella", gritó el pequeño Hans, y se enfundó su gran abrigo de pieles y su cálido gorro escarlata, se ató una bufanda al cuello y se puso en marcha.

«¡Qué tormenta tan espantosa! La noche era tan negra que el pequeño Hans apenas podía ver, y el viento era tan fuerte que apenas podía mantenerse en pie. Sin embargo, fue muy valiente y, después de caminar unas tres horas, llegó a la casa del Doctor y llamó a la puerta.

«"¿Quién está ahí?", gritó el Doctor, sacando la cabeza por la

bedroom window.

"'Little Hans, Doctor.'

"'What do you want, little Hans?'

"'The Miller's son has fallen from a ladder, and has hurt himself, and the Miller wants you to come at once.'

"'All right!' said the Doctor; and he ordered his horse, and his big boots, and his lantern, and came downstairs, and rode off in the direction of the Miller's house, little Hans trudging behind him.

"But the storm grew worse and worse, and the rain fell in torrents, and little Hans could not see where he was going, or keep up with the horse. At last he lost his way, and wandered off on the moor, which was a very dangerous place, as it was full of deep holes, and there poor little Hans was drowned. His body was found the next day by some goatherds, floating in a great pool of water, and was brought back by them to the cottage.

"Everybody went to little Hans' funeral, as he was so popular, and the Miller was the chief mourner.

"'As I was his best friend,' said the Miller, 'it is only fair that I should have the best place'; so he walked at the head of the procession in a long black cloak, and every now and then he wiped his eyes with a big pocket-handkerchief.

"'Little Hans is certainly a great loss to every one,' said the Blacksmith, when the funeral was over, and they were all seated comfortably in the inn, drinking spiced wine and eating sweet cakes.

"'A great loss to me at any rate,' answered the Miller; 'why, I had as good as given him my wheelbarrow, and now I really don't know what to do with it. It is very much in my way at home, and it is in such bad repair that I could not get anything for it if I sold it. I will certainly take care not to give away anything again. One

ventana de su habitación.

«"El pequeño Hans, Doctor".

«"¿Qué quieres, pequeño Hans?".

«"El hijo del Molinero se ha caído de una escalera y se ha hecho daño, y el Molinero quiere que venga usted de inmediato".

«El Doctor pidió su caballo, sus grandes botas y su linterna, bajó las escaleras y se dirigió a la casa del Molinero, con el pequeño Hans caminando detrás de él.

«Pero la tormenta empeoraba cada vez más y la lluvia caía a raudales, y el pequeño Hans no podía ver por dónde iba ni seguir el ritmo del caballo. Al final se perdió y se extravió en el páramo, que era un lugar muy peligroso, ya que estaba lleno de agujeros profundos, y allí se ahogó el pobre Hans. Al día siguiente, unos cabreros encontraron su cuerpo flotando en un gran charco de agua y lo llevaron a la casa.

«Todo el mundo acudió al funeral del pequeño Hans, ya que era muy popular, y el Molinero encabezaba el duelo.

«"Como yo era su mejor amigo", dijo el Molinero, "es justo que ocupe el mejor lugar"; por eso iba a la cabeza del cortejo con una larga capa negra, y de vez en cuando se enjugaba los ojos con un gran pañuelo de bolsillo.

«"El pequeño Hans es ciertamente una gran pérdida para todos", dijo el Herrero, cuando terminó el funeral y todos estaban cómodamente sentados en la posada, bebiendo vino especiado y comiendo pasteles dulces.

«"Una gran pérdida para mí", respondió el Molinero; "porque yo le había regalado mi carretilla y ahora no sé qué hacer con ella. Me estorba mucho en casa, y está en tan mal estado que no podría conseguir nada por ella si la vendiera. Desde luego, tendré cuidado de no volver a regalar nada. Uno siempre sufre por ser

always suffers for being generous.'"

"Well?" said the Water-rat, after a long pause.

"Well, that is the end," said the Linnet.

"But what became of the Miller?" asked the Water-rat.

"Oh! I really don't know," replied the Linnet; "and I am sure that I don't care."

"It is quite evident then that you have no sympathy in your nature," said the Water-rat.

"I am afraid you don't quite see the moral of the story," remarked the Linnet.

"The what?" screamed the Water-rat.

"The moral."

"Do you mean to say that the story has a moral?"

"Certainly," said the Linnet.

"Well, really," said the Water-rat, in a very angry manner, "I think you should have told me that before you began. If you had done so, I certainly would not have listened to you; in fact, I should have said 'Pooh,' like the critic. However, I can say it now"; so he shouted out "Pooh" at the top of his voice, gave a whisk with his tail, and went back into his hole.

"And how do you like the Water-rat?" asked the Duck, who came paddling up some minutes afterwards. "He has a great many good points, but for my own part I have a mother's feelings, and I can never look at a confirmed bachelor without the tears coming into my eyes."

"I am rather afraid that I have annoyed him," answered the Linnet. "The fact is, that I told him a story with a moral."

generoso"».

«¿Y bien?», dijo la Rata de Agua, tras una larga pausa.

«Bueno, ese es el fin», dijo el Pardillo.

«Pero, ¿qué fue del Molinero?», preguntó la Rata de Agua.

«No lo sé», respondió el Pardillo, «y estoy seguro de que no me importa».

«Es evidente entonces que no tienes ninguna simpatía en tu naturaleza», dijo la Rata de Agua.

«Me temo que no ves la moraleja de la historia», comentó el Pardillo.

«¿La qué?», gritó la Rata de Agua.

«La moraleja».

«¿Quieres decir que la historia tiene una moraleja?».

«Desde luego», dijo el Pardillo.

«Bueno, realmente», dijo la Rata de Agua, de manera muy enojada, «creo que deberías haberme dicho eso antes de comenzar. Si lo hubieras hecho, ciertamente no te habría escuchado; de hecho, habría dicho "Pse", como el crítico. Sin embargo, ahora puedo decirlo»; así que gritó «Pse» a todo pulmón, dio un golpe con la cola y volvió a su agujero.

«¿Y qué te parece la Rata de Agua?», preguntó la Pata, que se acercó chapoteando unos minutos después. «Tiene muchos puntos buenos, pero por mi parte tengo sentimientos de madre, y nunca puedo mirar a un soltero empedernido sin que se me salgan las lágrimas».

«Me temo que le he molestado», respondió el Pardillo. «El hecho es que le conté una historia con moraleja».

"Ah! that is always a very dangerous thing to do," said the Duck.

And I quite agree with her.

«¡Ah! eso es siempre algo muy peligroso», dijo la Pata.

Y estoy muy de acuerdo con ella.

The King's son was going to be married, so there were general rejoicings. He had waited a whole year for his bride, and at last she had arrived. She was a Russian Princess, and had driven all the way from Finland in a sledge drawn by six reindeer. The sledge was shaped like a great golden swan, and between the swan's wings lay the little Princess herself. Her long ermine-cloak reached right down to her feet, on her head was a tiny cap of silver tissue, and she was as pale as the Snow Palace in which she had always lived. So pale was she that as she drove through the streets all the people wondered. "She is like a white rose!" they cried, and they threw down flowers on her from the balconies.

At the gate of the Castle the Prince was waiting to receive her. He had dreamy violet eyes, and his hair was like fine gold. When he saw her he sank upon one knee, and kissed her hand.

"Your picture was beautiful," he murmured, "but you are more beautiful than your picture"; and the little Princess blushed.

"She was like a white rose before," said a young Page to his neighbour, "but she is like a red rose now"; and the whole Court

El hijo del Rey se iba a casar, por lo que la alegría era general. Había esperado un año entero a su novia, y por fin había llegado. Era una Princesa Rusa, y había venido desde Finlandia en un trineo tirado por seis renos. El trineo tenía la forma de un gran cisne dorado, y entre las alas del cisne yacía la pequeña Princesa. Su larga capa de armiño le llegaba hasta los pies, en la cabeza llevaba un pequeño gorro de tejido plateado, y su piel era tan pálida como el Palacio de la Nieve en el que siempre había vivido. Tan pálida era que, mientras recorría las calles, toda la gente se maravillaba. «¡Es como una rosa blanca!», gritaban, y le arrojaban flores desde los balcones.

En la puerta del Castillo el Príncipe la esperaba para recibirla. Él tenía ojos violetas de ensueño, y su cabello era como el oro fino. Cuando la vio, se arrodilló y le besó la mano.

«Tu cuadro era hermoso», murmuró, «pero tú eres más hermosa que tu cuadro»; y la Princesita se sonrojó.

«Antes era como una rosa blanca», dijo un joven Paje a su vecino, «pero ahora es como una rosa roja»; y toda la Corte quedó

was delighted.

For the next three days everybody went about saying, "White rose, Red rose, Red rose, White rose"; and the King gave orders that the Page's salary was to be doubled. As he received no salary at all this was not of much use to him, but it was considered a great honour, and was duly published in the Court Gazette.

When the three days were over the marriage was celebrated. It was a magnificent ceremony, and the bride and bridegroom walked hand in hand under a canopy of purple velvet embroidered with little pearls. Then there was a State Banquet, which lasted for five hours. The Prince and Princess sat at the top of the Great Hall and drank out of a cup of clear crystal. Only true lovers could drink out of this cup, for if false lips touched it, it grew grey and dull and cloudy.

"It's quite clear that they love each other," said the little Page, "as clear as crystal!" and the King doubled his salary a second time. "What an honour!" cried all the courtiers.

After the banquet there was to be a Ball. The bride and bridegroom were to dance the Rose-dance together, and the King had promised to play the flute. He played very badly, but no one had ever dared to tell him so, because he was the King. Indeed, he knew only two airs, and was never quite certain which one he was playing; but it made no matter, for, whatever he did, everybody cried out, "Charming! charming!"

The last item on the programme was a grand display of fireworks, to be let off exactly at midnight. The little Princess had

encantada.

Durante los tres días siguientes, todo el mundo iba diciendo: «Rosa blanca, Rosa roja, Rosa roja, Rosa blanca»; y el Rey dio órdenes de que se duplicara el sueldo del Paje. Como no recibía salario alguno, esto no le sirvió de mucho, pero era considerado un gran honor, y fue debidamente publicado en la Gaceta de la Corte.

Al cabo de los tres días se celebró el matrimonio. Fue una ceremonia magnífica, y los novios caminaron de la mano bajo un dosel de terciopelo púrpura bordado con pequeñas perlas. Luego hubo un Banquete Oficial, que duró cinco horas. El Príncipe y la Princesa se sentaron en lo alto del Gran Salón y bebieron de una copa de cristal transparente. Sólo los verdaderos amantes podían beber de esta copa, pues si los labios falsos la tocaban, se volvía gris, opaca y turbia.

«Está claro que se aman», dijo el Pajecito, «¡tan claro como el cristal!», y el Rey duplicó su salario por segunda vez. «¡Qué honor!», gritaron todos los cortesanos.

Después del banquete se iba a celebrar un Baile. Los novios iban a bailar juntos la Danza de la Rosa, y el Rey había prometido tocar la flauta. Tocaba muy mal, pero nadie se había atrevido a decírselo, porque era el Rey. De hecho, sólo conocía dos aires, y nunca estaba seguro de cuál estaba tocando; pero no importaba, porque, hiciera lo que hiciera, todo el mundo gritaba: «¡Encantador! ¡Encantador!».

El último acto del programa era un gran espectáculo de fuegos artificiales que se lanzaría exactamente a medianoche. La Prin-

never seen a firework in her life, so the King had given orders that the Royal Pyrotechnist should be in attendance on the day of her marriage.

"What are fireworks like?" she had asked the Prince, one morning, as she was walking on the terrace.

"They are like the Aurora Borealis," said the King, who always answered questions that were addressed to other people, "only much more natural. I prefer them to stars myself, as you always know when they are going to appear, and they are as delightful as my own flute-playing. You must certainly see them."

So at the end of the King's garden a great stand had been set up, and as soon as the Royal Pyrotechnist had put everything in its proper place, the fireworks began to talk to each other.

"The world is certainly very beautiful," cried a little Squib. "Just look at those yellow tulips. Why! if they were real crackers they could not be lovelier. I am very glad I have travelled. Travel improves the mind wonderfully, and does away with all one's prejudices."

"The King's garden is not the world, you foolish squib," said a big Roman Candle; "the world is an enormous place, and it would take you three days to see it thoroughly."

"Any place you love is the world to you," exclaimed a pensive Catherine Wheel, who had been attached to an old deal box in early life, and prided herself on her broken heart; "but love is not fashionable any more, the poets have killed it. They wrote so much about it that nobody believed them, and I am not surprised. True love suffers, and is silent. I remember myself once—But it is no matter now. Romance is a thing of the past."

"Nonsense!" said the Roman Candle, "Romance never dies. It is like the moon, and lives for ever. The bride and bridegroom, for instance, love each other very dearly. I heard all about them this morning from a brown-paper cartridge, who happened to be

cesita no había visto fuegos artificiales en toda su vida, por lo que el Rey había dado órdenes de que el día de su boda estuviera presente el Pirotécnico Real.

«¿Cómo son los fuegos artificiales?», le había preguntado al Príncipe, una mañana, mientras paseaba por la terraza.

«Son como la Aurora Boreal», dijo el Rey, que siempre respondía a las preguntas dirigidas a otras personas, «pero mucho más naturales. Yo mismo las prefiero a las estrellas, ya que siempre se sabe cuándo van a aparecer, y son tan deliciosas como mi propio toque de flauta. Sin duda debes verlos».

Así que al final del jardín del Rey se había montado un gran puesto, y en cuanto el Pirotécnico Real hubo colocado todo en su sitio, los fuegos artificiales comenzaron a hablar entre sí.

«El mundo es ciertamente muy hermoso», gritó un pequeño Buscapiés. «Mira esos tulipanes amarillos. Si fueran petardos de verdad, no podrían ser más bonitos. Me alegro mucho de haber viajado. Viajar mejora la mente maravillosamente, y acaba con todos los prejuicios».

«El jardín del Rey no es el mundo, buscapiés tonto», dijo una gran Candela Romana; «el mundo es un lugar enorme, y te llevaría tres días verlo a fondo».

«Cualquier lugar que ames es el mundo para ti», exclamó una pensativa Rueda de Catalina, que en sus primeros años de vida había estado unida a una vieja caja de reparto, y se enorgullecía de su corazón roto; «pero el amor ya no está de moda, los poetas lo han matado. Escribieron tanto sobre él que nadie les creyó, y no me sorprende. El verdadero amor sufre y calla. Me recuerda a mí misma una vez, pero ya no importa. El romance es una cosa del pasado».

«¡Tonterías!», dijo la Candela Romana, «El romance nunca muere. Es como la luna, y vive para siempre. Los novios, por ejemplo, se quieren mucho. Me he enterado de todo esta mañana por un cartucho de papel de estraza, que casualmente se alojaba en el

staying in the same drawer as myself, and knew the latest Court news."

But the Catherine Wheel shook her head. "Romance is dead, Romance is dead, Romance is dead," she murmured. She was one of those people who think that, if you say the same thing over and over a great many times, it becomes true in the end.

Suddenly, a sharp, dry cough was heard, and they all looked round.

It came from a tall, supercilious-looking Rocket, who was tied to the end of a long stick. He always coughed before he made any observation, so as to attract attention.

"Ahem! ahem!" he said, and everybody listened except the poor Catherine Wheel, who was still shaking her head, and murmuring, "Romance is dead."

"Order! order!" cried out a Cracker. He was something of a politician, and had always taken a prominent part in the local elections, so he knew the proper Parliamentary expressions to use.

"Quite dead," whispered the Catherine Wheel, and she went off to sleep.

As soon as there was perfect silence, the Rocket coughed a third time and began. He spoke with a very slow, distinct voice, as if he was dictating his memoirs, and always looked over the shoulder of the person to whom he was talking. In fact, he had a most distinguished manner.

"How fortunate it is for the King's son," he remarked, "that he is to be married on the very day on which I am to be let off. Really, if it had been arranged beforehand, it could not have turned out better for him; but, Princes are always lucky."

"Dear me!" said the little Squib, "I thought it was quite the other way, and that we were to be let off in the Prince's honour."

mismo cajón que yo, y conocía las últimas noticias de la Corte».

Pero la Rueda de Catalina negó con la cabeza. «El romance está muerto, el romance está muerto, el romance está muerto», murmuró. Era una de esas personas que piensan que, si se repite lo mismo una y otra vez, al final se convierte en verdad.

De repente, se oyó una tos aguda y seca, y todos miraron a su alrededor.

Procedía de un Cohete alto y de aspecto soberbio, que estaba atado al extremo de un palo largo. Siempre tosía antes de hacer cualquier observación, para llamar la atención.

«¡Ejem! ¡Ejem!», dijo, y todo el mundo escuchó excepto la pobre Rueda de Catalina, que seguía sacudiendo la cabeza y murmurando: «El romance está muerto».

«¡Orden! ¡Orden!», gritó un Petardo. Era algo así como un político, y siempre había tenido una participación destacada en las elecciones locales, por lo que conocía las expresiones parlamentarias adecuadas.

«Bastante muerto», susurró la Rueda de Catalina, y se fue a dormir.

En cuanto hubo un silencio perfecto, el Cohete tosió por tercera vez y comenzó. Hablaba con una voz muy lenta y clara, como si estuviera dictando sus memorias, y siempre miraba por encima del hombro de su interlocutor. De hecho, tenía unos modales muy distinguidos.

«Qué suerte tiene el hijo del Rey», comentó, «que se va a casar el mismo día en que me van a disparar. Realmente, si se hubiera arreglado de antemano, no podría haber resultado mejor para él; pero, los Príncipes siempre tienen suerte.»

«¡Caramba!», dijo el pequeño Buscapiés, «yo creía que era al revés, y que nos iban a disparar en honor al Príncipe».

"It may be so with you," he answered; "indeed, I have no doubt that it is, but with me it is different. I am a very remarkable Rocket, and come of remarkable parents. My mother was the most celebrated Catherine Wheel of her day, and was renowned for her graceful dancing. When she made her great public appearance she spun round nineteen times before she went out, and each time that she did so she threw into the air seven pink stars. She was three feet and a half in diameter, and made of the very best gunpowder. My father was a Rocket like myself, and of French extraction. He flew so high that the people were afraid that he would never come down again. He did, though, for he was of a kindly disposition, and he made a most brilliant descent in a shower of golden rain. The newspapers wrote about his performance in very flattering terms. Indeed, the Court Gazette called him a triumph of Pylotechnic art."

"Pyrotechnic, Pyrotechnic, you mean," said a Bengal Light; "I know it is Pyrotechnic, for I saw it written on my own canister."

"Well, I said Pylotechnic," answered the Rocket, in a severe tone of voice, and the Bengal Light felt so crushed that he began at once to bully the little squibs, in order to show that he was still a person of some importance.

"I was saying," continued the Rocket, "I was saying—What was I saying?"

"You were talking about yourself," replied the Roman Candle.

"Of course; I knew I was discussing some interesting subject when I was so rudely interrupted. I hate rudeness and bad manners of every kind, for I am extremely sensitive. No one in the whole world is so sensitive as I am, I am quite sure of that."

"What is a sensitive person?" said the Cracker to the Roman Candle.

"A person who, because he has corns himself, always treads on other people's toes," answered the Roman Candle in a low whis-

«Puede que sea así contigo», respondió; «de hecho, no me cabe duda de que lo es, pero conmigo es diferente. Soy un Cohete muy notable, y vengo de padres notables. Mi madre era la más célebre Rueda de Catalina de su época, y era famosa por su elegante danza. Cuando hizo su gran aparición pública, dio diecinueve vueltas antes de expirar, y cada vez que lo hacía lanzaba al aire siete estrellas rosas. Tenía tres pies y medio de diámetro y estaba hecha de la mejor pólvora. Mi padre era un Cohete como yo, y de origen francés. Volaba tan alto que la gente temía que no volviera a bajar. Sin embargo, lo hizo, ya que tenía un carácter bondadoso, y realizó un brillante descenso bajo una lluvia dorada. Los periódicos escribieron sobre su actuación en términos muy halagadores. De hecho, la Gaceta de la Corte lo calificó como "un triunfo del arte pilotécnico"».

«Pirotécnico, Pirotécnico, querrás decir», dijo una Luz de Bengala; «sé que es Pirotécnico, porque lo vi escrito en mi propia lata».

«Pues yo he dicho Pilotécnico», contestó el Cohete, con un tono de voz severo, y la Luz de Bengala se sintió tan aplastada que empezó en seguida a intimidar a los pequeños buscapiés, para demostrar que seguía siendo una persona de cierta importancia.

«Estaba diciendo», continuó el Cohete, «estaba diciendo... ¿Qué estaba diciendo?».

«Estabas hablando de ti mismo», respondió la Candela Romana.

«Por supuesto; sabía que estaba discutiendo algún tema interesante cuando me interrumpieron tan groseramente. Odio las groserías y los malos modales de todo tipo, porque soy extremadamente sensible. Nadie en todo el mundo es tan sensible como yo, estoy seguro de ello».

«¿Qué es una persona sensible?», dijo el Petardo a la Candela Romana.

«Una persona que, porque tiene callos, siempre pisa los dedos de los demás», respondió la Candela Romana en un susurro bajo;

per; and the Cracker nearly exploded with laughter.

"Pray, what are you laughing at?" inquired the Rocket; "I am not laughing."

"I am laughing because I am happy," replied the Cracker.

"That is a very selfish reason," said the Rocket angrily. "What right have you to be happy? You should be thinking about others. In fact, you should be thinking about me. I am always thinking about myself, and I expect everybody else to do the same. That is what is called sympathy. It is a beautiful virtue, and I possess it in a high degree. Suppose, for instance, anything happened to me to-night, what a misfortune that would be for every one! The Prince and Princess would never be happy again, their whole married life would be spoiled; and as for the King, I know he would not get over it. Really, when I begin to reflect on the importance of my position, I am almost moved to tears."

"If you want to give pleasure to others," cried the Roman Candle, "you had better keep yourself dry."

"Certainly," exclaimed the Bengal Light, who was now in better spirits; "that is only common sense."

"Common sense, indeed!" said the Rocket indignantly; "you forget that I am very uncommon, and very remarkable. Why, anybody can have common sense, provided that they have no imagination. But I have imagination, for I never think of things as they really are; I always think of them as being quite different. As for keeping myself dry, there is evidently no one here who can at all appreciate an emotional nature. Fortunately for myself, I don't care. The only thing that sustains one through life is the consciousness of the immense inferiority of everybody else, and this is a feeling that I have always cultivated. But none of you have any hearts. Here you are laughing and making merry just as if the Prince and Princess had not just been married."

"Well, really," exclaimed a small Fire-balloon, "why not? It is a

y el Petardo casi estalló de risa.

«Por favor, ¿de qué te ríes?», preguntó el Cohete; «yo no me estoy riendo».

«Me río porque soy feliz», respondió el Petardo.

«Esa es una razón muy egoísta», dijo el Cohete con enfado. «¿Qué derecho tienes a ser feliz? Deberías pensar en los demás. De hecho, deberías pensar en mí. Siempre estoy pensando en mí, y espero que los demás hagan lo mismo. Eso es lo que se llama simpatía. Es una hermosa virtud, y yo la poseo en alto grado. Supongamos, por ejemplo, que me ocurriera algo esta noche, ¡qué desgracia sería para todos! El Príncipe y la Princesa no volverían a ser felices, toda su vida matrimonial se echaría a perder; y en cuanto al Rey, sé que no lo superaría. Realmente, cuando empiezo a reflexionar sobre la importancia de mi posición, casi se me saltan las lágrimas».

«Si quieres dar placer a los demás», gritó la Candela Romana, «será mejor que te mantengas seco».

«Ciertamente», exclamó la Luz de Bengala, que ahora estaba de mejor humor; «eso es simplemente sentido común».

«¡Sentido común, en efecto!», dijo el Cohete indignado; « te olvidas de que soy muy poco común, y muy notable. Cualquiera puede tener sentido común, siempre que no tenga imaginación. Pero yo tengo imaginación, porque nunca pienso en las cosas como son en realidad; siempre pienso en ellas como si fueran muy diferentes. En cuanto a mantenerme seco, evidentemente no hay nadie aquí que pueda apreciar en absoluto una naturaleza emocional. Afortunadamente para mí, no me importa. Lo único que lo sostiene a uno en la vida es la conciencia de la inmensa inferioridad de todos los demás, y éste es un sentimiento que siempre he cultivado. Pero ninguno de ustedes tiene corazón. Aquí están riendo y alegrándose como si el Príncipe y la Princesa no se hubieran casado recientemente».

«Bueno, realmente», exclamó un pequeño Globo de Fuego,

most joyful occasion, and when I soar up into the air I intend to tell the stars all about it. You will see them twinkle when I talk to them about the pretty bride."

"Ah! what a trivial view of life!" said the Rocket; "but it is only what I expected. There is nothing in you; you are hollow and empty. Why, perhaps the Prince and Princess may go to live in a country where there is a deep river, and perhaps they may have one only son, a little fair-haired boy with violet eyes like the Prince himself; and perhaps some day he may go out to walk with his nurse; and perhaps the nurse may go to sleep under a great elder-tree; and perhaps the little boy may fall into the deep river and be drowned. What a terrible misfortune! Poor people, to lose their only son! It is really too dreadful! I shall never get over it."

"But they have not lost their only son," said the Roman Candle; "no misfortune has happened to them at all."

"I never said that they had," replied the Rocket; "I said that they might. If they had lost their only son there would be no use in saying anything more about the matter. I hate people who cry over spilt milk. But when I think that they might lose their only son, I certainly am very much affected."

"You certainly are!" cried the Bengal Light. "In fact, you are the most affected person I ever met."

"You are the rudest person I ever met," said the Rocket, "and you cannot understand my friendship for the Prince."

"Why, you don't even know him," growled the Roman Candle.

"I never said I knew him," answered the Rocket. "I dare say that if I knew him I should not be his friend at all. It is a very dangerous thing to know one's friends."

"You had really better keep yourself dry," said the Fire-balloon. "That is the important thing."

"Very important for you, I have no doubt," answered the Rocket,

«¿por qué no? Es una ocasión muy alegre, y cuando me eleve en el aire pienso contárselo todo a las estrellas. Verás cómo titilan cuando les hable de la bonita novia».

«¡Ah! ¡Qué visión tan trivial de la vida!» dijo el Cohete; «pero es sólo lo que esperaba. No hay nada en ti; estás hueco y vacío. Quizá el Príncipe y la Princesa se vayan a vivir a un país donde haya un río profundo, y quizá tengan un solo hijo, un niño rubio de ojos violetas como el Príncipe; y quizá algún día salga a pasear con su nodriza; y quizá la nodriza se duerma bajo un gran saúco; y quizá el niño se caiga al río profundo y se ahogue. ¡Qué terrible desgracia! Pobre gente, perder a su único hijo. Es realmente terrible. Nunca lo superaré».

«Pero no han perdido a su único hijo», dijo la Candela Romana; «no les ha ocurrido ninguna desgracia».

«Nunca dije que fuera así», replicó el Cohete; «dije que podría ser así. Si hubieran perdido a su único hijo, no tendría sentido decir nada más sobre el asunto. Odio a la gente que llora sobre la leche derramada. Pero cuando pienso que podrían perder a su único hijo, ciertamente me afecta mucho».

«¡Claro que sí!», gritó la Luz de Bengala. «De hecho, eres la persona más afectada que he conocido».

«Eres la persona más grosera que he conocido», dijo el Cohete, «y no puedes entender mi amistad por el Príncipe».

«¿Por qué? Ni siquiera lo conoces», gruñó la Candela Romana.

«Nunca he dicho que lo conozca», respondió el Cohete. «Me atrevo a decir que si lo conociera no sería su amigo en absoluto. Es muy peligroso conocer a los amigos de uno».

«Será mejor que te mantengas seco», dijo el Globo de Fuego. «Eso es lo importante».

«Muy importante para ti, sin duda», respondió el Cohete, «pero

"but I shall weep if I choose"; and he actually burst into real tears, which flowed down his stick like rain-drops, and nearly drowned two little beetles, who were just thinking of setting up house together, and were looking for a nice dry spot to live in.

"He must have a truly romantic nature," said the Catherine Wheel, "for he weeps when there is nothing at all to weep about"; and she heaved a deep sigh, and thought about the deal box.

But the Roman Candle and the Bengal Light were quite indignant, and kept saying, "Humbug! humbug!" at the top of their voices. They were extremely practical, and whenever they objected to anything they called it humbug.

Then the moon rose like a wonderful silver shield; and the stars began to shine, and a sound of music came from the palace.

The Prince and Princess were leading the dance. They danced so beautifully that the tall white lilies peeped in at the window and watched them, and the great red poppies nodded their heads and beat time.

Then ten o'clock struck, and then eleven, and then twelve, and at the last stroke of midnight every one came out on the terrace, and the King sent for the Royal Pyrotechnist.

"Let the fireworks begin," said the King; and the Royal Pyrotechnist made a low bow, and marched down to the end of the garden. He had six attendants with him, each of whom carried a lighted torch at the end of a long pole.

It was certainly a magnificent display.

Whizz! Whizz! went the Catherine Wheel, as she spun round and round. Boom! Boom! went the Roman Candle. Then the Squibs danced all over the place, and the Bengal Lights made everything look scarlet. "Good-bye," cried the Fire-balloon, as he soared away, dropping tiny blue sparks. Bang! Bang! answered

lloraré si quiero»; y de hecho estalló en lágrimas reales, que fluyeron por su vara como gotas de lluvia, y casi ahogaron a dos pequeños escarabajos, que estaban pensando en instalarse juntos, y buscaban un lugar seco y agradable para vivir.

«Debe de tener una naturaleza verdaderamente romántica», dijo la Rueda de Catalina, «porque llora cuando no hay nada que llorar»; y soltó un profundo suspiro, y pensó en la caja de reparto.

Pero la Candela Romana y la Luz de Bengala estaban muy indignadas, y no dejaban de decir: «¡Tonterías! ¡Tonterías!». Eran muy prácticas, y siempre que se oponían a algo lo llamaban tonterías.

Entonces la luna se alzó como un maravilloso escudo de plata; y las estrellas comenzaron a brillar, y un sonido de música llegó desde el palacio.

El Príncipe y la Princesa encabezaban la danza. Bailaban tan bien que los altos lirios blancos se asomaban a la ventana y los observaban, y las grandes amapolas rojas asentían con la cabeza y marcaban el ritmo.

Entonces dieron las diez, luego las once, luego las doce, y a la última campanada de medianoche todos salieron a la terraza, y el Rey mandó llamar al Pirotécnico Real.

«Que comiencen los fuegos artificiales», dijo el Rey, y el Pirotécnico Real hizo una pequeña reverencia y bajó hasta el final del jardín. Le acompañaban seis asistentes, cada uno de los cuales llevaba una antorcha encendida en el extremo de una larga pértiga.

Fue, sin duda, un despliegue magnífico.

¡Whizz! Whizz! hizo la Rueda de Catalina, mientras daba vueltas y vueltas. ¡Bum! Bum! hizo la Candela Romana. Entonces los Buscapiés bailaron por todo el lugar, y las Luces de Bengala hicieron que todo pareciera escarlata. «Adiós», gritó el Globo de Fuego, mientras se alejaba dejando caer pequeñas chispas azules. ¡Bang!

the Crackers, who were enjoying themselves immensely. Every one was a great success except the Remarkable Rocket. He was so damp with crying that he could not go off at all. The best thing in him was the gunpowder, and that was so wet with tears that it was of no use. All his poor relations, to whom he would never speak, except with a sneer, shot up into the sky like wonderful golden flowers with blossoms of fire. Huzza! Huzza! cried the Court; and the little Princess laughed with pleasure.

"I suppose they are reserving me for some grand occasion," said the Rocket; "no doubt that is what it means," and he looked more supercilious than ever.

The next day the workmen came to put everything tidy. "This is evidently a deputation," said the Rocket; "I will receive them with becoming dignity" so he put his nose in the air, and began to frown severely as if he were thinking about some very important subject. But they took no notice of him at all till they were just going away. Then one of them caught sight of him. "Hallo!" he cried, "what a bad rocket!" and he threw him over the wall into the ditch.

"Bad Rocket? Bad Rocket?" he said, as he whirled through the air; "impossible! Grand Rocket, that is what the man said. Bad and Grand sound very much the same, indeed they often are the same"; and he fell into the mud.

"It is not comfortable here," he remarked, "but no doubt it is some fashionable watering-place, and they have sent me away to recruit my health. My nerves are certainly very much shattered, and I require rest."

Then a little Frog, with bright jewelled eyes, and a green mottled coat, swam up to him.

"A new arrival, I see!" said the Frog. "Well, after all there is nothing like mud. Give me rainy weather and a ditch, and I am quite happy. Do you think it will be a wet afternoon? I am sure I hope so, but the sky is quite blue and cloudless. What a pity!"

Bang! respondieron los Petardos, que se divertían enormemente. Todos tuvieron un gran éxito, excepto el Cohete Notable. Estaba tan empapado de llanto que no podía disparar en absoluto. Lo mejor que tenía era la pólvora, y ésta estaba tan mojada por las lágrimas que no servía de nada. Todos sus pobres parientes, a los que nunca hablaba, salvo con sorna, salieron disparados hacia el cielo como maravillosas flores doradas con capullos de fuego. ¡Hurra! ¡Hurra! gritó la Corte; y la Princesita rió con placer.

«Supongo que me están reservando para alguna gran ocasión», dijo el Cohete; «sin duda eso es lo que significa», y parecía más soberbio que nunca.

Al día siguiente los obreros vinieron a poner todo en orden. «Es evidente que se trata de una delegación», dijo el Cohete; «los recibiré con la debida dignidad», así que puso la nariz en alto y comenzó a fruncir el ceño con severidad, como si estuviera pensando en algún tema muy importante. Pero no le hicieron caso hasta que se marcharon. Entonces uno de ellos lo vio. «¡Hola!», gritó, «¡Qué mal cohete!», y lo arrojó por encima del muro a la zanja.

«¿Mal Cohete? ¿Mal Cohete?», dijo, mientras giraba en el aire; «¡imposible! Gran Cohete, eso es lo que dijo el hombre. Mal y Gran suenan muy parecido, de hecho a menudo son lo mismo»; y cayó en el barro.

«No es cómodo este lugar», comentó, «pero sin duda es un balneario de moda para descansar, y me han enviado lejos para recuperar mi salud. Mis nervios están ciertamente destrozados, y necesito descansar».

Entonces se acercó nadando una pequeña Rana, con brillantes ojos de joya y un pelaje verde moteado.

«Veo que ha llegado alguien nuevo», dijo la Rana. «Bueno, después de todo no hay nada como el barro. Dame un tiempo lluvioso y una zanja, y seré feliz. ¿Crees que será una tarde húmeda? Eso espero, pero el cielo está bastante azul y sin nubes. Qué pena!».

"Ahem! ahem!" said the Rocket, and he began to cough.

"What a delightful voice you have!" cried the Frog. "Really it is quite like a croak, and croaking is of course the most musical sound in the world. You will hear our glee-club this evening. We sit in the old duck pond close by the farmer's house, and as soon as the moon rises we begin. It is so entrancing that everybody lies awake to listen to us. In fact, it was only yesterday that I heard the farmer's wife say to her mother that she could not get a wink of sleep at night on account of us. It is most gratifying to find oneself so popular."

"Ahem! ahem!" said the Rocket angrily. He was very much annoyed that he could not get a word in.

"A delightful voice, certainly," continued the Frog; "I hope you will come over to the duck-pond. I am off to look for my daughters. I have six beautiful daughters, and I am so afraid the Pike may meet them. He is a perfect monster, and would have no hesitation in breakfasting off them. Well, good-bye: I have enjoyed our conversation very much, I assure you."

"Conversation, indeed!" said the Rocket. "You have talked the whole time yourself. That is not conversation."

"Somebody must listen," answered the Frog, "and I like to do all the talking myself. It saves time, and prevents arguments."

"But I like arguments," said the Rocket.

"I hope not," said the Frog complacently. "Arguments are extremely vulgar, for everybody in good society holds exactly the same opinions. Good-bye a second time; I see my daughters in the distance;" and the little Frog swam away.

"You are a very irritating person," said the Rocket, "and very ill-bred. I hate people who talk about themselves, as you do, when one wants to talk about oneself, as I do. It is what I call selfishness, and selfishness is a most detestable thing, especially to any one of

«¡Ejem! ¡Ejem!», dijo el Cohete, y comenzó a toser.

«¡Qué voz tan deliciosa tienes!», gritó la Rana. «Realmente es como un croar, y el croar es, por supuesto, el sonido más musical del mundo. Esta noche escucharás nuestro coro. Nos sentamos en el viejo estanque de los patos, cerca de la casa del granjero, y en cuanto sale la luna empezamos. Es tan fascinante que todo el mundo se queda despierto para escucharnos. De hecho, ayer mismo oí a la mujer del granjero decir a su madre que no podía pegar ojo en la noche por culpa nuestra. Es muy gratificante encontrarse con tanta popularidad».

«¡Ejem! ¡Ejem!», dijo el Cohete con enfado. Estaba muy molesto por no poder decir una palabra.

«Una voz encantadora, ciertamente», continuó la Rana; «espero que vengas al estanque de los patos. Voy a buscar a mis hijas. Tengo seis hermosas hijas, y tengo mucho miedo de que el Esturión las encuentre. Es totalmente un monstruo, y no dudaría en comérselas para el desayuno. Bueno, adiós: he disfrutado mucho de nuestra conversación, te lo aseguro».

«¡Conversación, en efecto!», dijo el Cohete. «Tú misma has hablado todo el tiempo. Eso no es una conversación».

«Alguien tiene que escuchar», respondió la Rana, «y a mí me gusta hablar. Así se ahorra tiempo y se evitan las discusiones».

«Pero a mí me gustan las discusiones», dijo el Cohete.

«Espero que no», dijo la Rana con complacencia. «Las discusiones son extremadamente vulgares, pues todo el mundo en la buena sociedad tiene exactamente las mismas opiniones. Adiós por segunda vez; veo a mis hijas a lo lejos», y la Ranita se alejó nadando.

«Eres una persona muy irritante», dijo el Cohete, «y muy mal educada. Odio a las personas que hablan de sí mismas, como tú, cuando uno quiere hablar de sí mismo, como yo. Es lo que yo llamo egoísmo, y el egoísmo es algo muy detestable, especialmente

my temperament, for I am well known for my sympathetic nature. In fact, you should take example by me; you could not possibly have a better model. Now that you have the chance you had better avail yourself of it, for I am going back to Court almost immediately. I am a great favourite at Court; in fact, the Prince and Princess were married yesterday in my honour. Of course you know nothing of these matters, for you are a provincial."

"There is no good talking to him," said a Dragon-fly, who was sitting on the top of a large brown bulrush; "no good at all, for he has gone away."

"Well, that is his loss, not mine," answered the Rocket. "I am not going to stop talking to him merely because he pays no attention. I like hearing myself talk. It is one of my greatest pleasures. I often have long conversations all by myself, and I am so clever that sometimes I don't understand a single word of what I am saying."

"Then you should certainly lecture on Philosophy," said the Dragon-fly; and he spread a pair of lovely gauze wings and soared away into the sky.

"How very silly of him not to stay here!" said the Rocket. "I am sure that he has not often got such a chance of improving his mind. However, I don't care a bit. Genius like mine is sure to be appreciated some day"; and he sank down a little deeper into the mud.

After some time a large White Duck swam up to him. She had yellow legs, and webbed feet, and was considered a great beauty on account of her waddle.

"Quack, quack, quack," she said. "What a curious shape you are! May I ask were you born like that, or is it the result of an accident?"

"It is quite evident that you have always lived in the country," answered the Rocket, "otherwise you would know who I am. However, I excuse your ignorance. It would be unfair to expect other people to be as remarkable as oneself. You will no doubt be sur-

para alguien de mi temperamento, pues soy bien conocido por mi naturaleza simpática. De hecho, deberías tomar ejemplo de mí; no podrías tener un modelo mejor. Ahora que tienes la oportunidad, será mejor que la aproveches, porque voy a volver a la Corte casi inmediatamente. Soy un gran favorito en la Corte; de hecho, el Príncipe y la Princesa se casaron ayer en mi honor. Por supuesto, tú no sabes nada de estos asuntos, pues eres una provinciana».

«No sirve de nada hablar con ella», dijo una Libélula, que estaba sentada en la cima de un gran junco marrón; «no sirve de nada, porque se ha ido».

«Bueno, ella se lo pierde, no yo», respondió el Cohete. «No voy a dejar de hablarle sólo porque no me preste atención. Me gusta oírme hablar a mí mismo. Es uno de mis mayores placeres. A menudo mantengo largas conversaciones yo solo, y soy tan inteligente que a veces no entiendo ni una sola palabra de lo que digo».

«Entonces deberías dar una conferencia sobre filosofía», dijo la Libélula; y desplegó un par de hermosas alas de gasa y se alejó en el cielo.

«¡Qué tontería por su parte no quedarse aquí!», dijo el Cohete. «Estoy seguro de que no ha tenido muchas oportunidades de mejorar su mente. Sin embargo, no me importa en absoluto. Un genio como el mío será apreciado algún día», y se hundió un poco más en el barro.

Al cabo de un rato, un gran Pato Blanco nadó hasta él. Tenía las patas amarillas y los pies palmeados, y se le consideraba una gran belleza por su contoneo.

«Cuac, cuac, cuac», dijo. «¡Qué forma tan curiosa tienes! ¿Puedo preguntar si naciste así, o si es el resultado de un accidente?».

«Es evidente que siempre has vivido en el campo», respondió el Cohete, «de lo contrario sabrías quién soy. Sin embargo, disculpo tu ignorancia. Sería injusto esperar que otras personas fueran tan notables como uno mismo. Sin duda te sorprenderá saber que

prised to hear that I can fly up into the sky, and come down in a shower of golden rain."

"I don't think much of that," said the Duck, "as I cannot see what use it is to any one. Now, if you could plough the fields like the ox, or draw a cart like the horse, or look after the sheep like the collie-dog, that would be something."

"My good creature," cried the Rocket in a very haughty tone of voice, "I see that you belong to the lower orders. A person of my position is never useful. We have certain accomplishments, and that is more than sufficient. I have no sympathy myself with industry of any kind, least of all with such industries as you seem to recommend. Indeed, I have always been of opinion that hard work is simply the refuge of people who have nothing whatever to do."

"Well, well," said the Duck, who was of a very peaceable disposition, and never quarrelled with any one, "everybody has different tastes. I hope, at any rate, that you are going to take up your residence here."

"Oh! dear no," cried the Rocket. "I am merely a visitor, a distinguished visitor. The fact is that I find this place rather tedious. There is neither society here, nor solitude. In fact, it is essentially suburban. I shall probably go back to Court, for I know that I am destined to make a sensation in the world."

"I had thoughts of entering public life once myself," remarked the Duck; "there are so many things that need reforming. Indeed, I took the chair at a meeting some time ago, and we passed resolutions condemning everything that we did not like. However, they did not seem to have much effect. Now I go in for domesticity, and look after my family."

"I am made for public life," said the Rocket, "and so are all my relations, even the humblest of them. Whenever we appear we excite great attention. I have not actually appeared myself, but when I do so it will be a magnificent sight. As for domesticity, it ages one rapidly, and distracts one's mind from higher things."

puedo volar hacia el cielo, y bajar en una lluvia dorada».

«No le doy mucha importancia», dijo el Pato, «pues no veo qué utilidad tiene para nadie. Ahora bien, si pudieras arar los campos como el buey, o tirar de un carro como el caballo, o cuidar de las ovejas como el perro collie, ya sería algo».

«Mi buena criatura», gritó el Cohete con un tono de voz muy altivo, «veo que perteneces a las órdenes inferiores. Una persona de mi posición nunca es útil. Tenemos ciertos logros, y eso es más que suficiente. Yo mismo no simpatizo con la industria de ningún tipo, y menos con industrias como las que tú pareces recomendar. De hecho, siempre he sido de la opinión de que el trabajo duro es simplemente el refugio de la gente que no tiene nada que hacer.»

«Bueno, bueno», dijo el Pato, que tenía un carácter muy pacífico y nunca se peleaba con nadie, «todo el mundo tiene gustos diferentes. Espero, en todo caso, que vayas a fijar tu residencia aquí».

«¡Oh! no, querido», gritó el Cohete. «Sólo soy un visitante, un visitante distinguido. El hecho es que encuentro este lugar bastante tedioso. Aquí no hay ni sociedad ni soledad. De hecho, es esencialmente suburbano. Probablemente volveré a la Corte, porque sé que estoy destinado a causar sensación en el mundo».

«Yo mismo pensé en entrar en la vida pública una vez», comentó el Pato; «hay tantas cosas que necesitan ser reformadas. De hecho, hace tiempo presidí una reunión y aprobamos resoluciones que condenaban todo lo que no nos gustaba. Sin embargo, no parecieron tener mucho efecto. Ahora me dedico a la domesticidad y a cuidar de mi familia».

«Estoy hecho para la vida pública», dijo el Cohete, «y también lo están todos mis parientes, incluso los más humildes. Siempre que aparecemos llamamos la atención. Yo mismo no he aparecido, pero cuando lo haga será un espectáculo magnífico. En cuanto a la domesticidad, uno envejece rápidamente y distrae la mente

"Ah! the higher things of life, how fine they are!" said the Duck; "and that reminds me how hungry I feel": and she swam away down the stream, saying, "Quack, quack, quack."

"Come back! come back!" screamed the Rocket, "I have a great deal to say to you"; but the Duck paid no attention to him. "I am glad that she has gone," he said to himself, "she has a decidedly middle-class mind"; and he sank a little deeper still into the mud, and began to think about the loneliness of genius, when suddenly two little boys in white smocks came running down the bank, with a kettle and some faggots.

"This must be the deputation," said the Rocket, and he tried to look very dignified.

"Hallo!" cried one of the boys, "look at this old stick! I wonder how it came here"; and he picked the rocket out of the ditch.

"Old Stick!" said the Rocket, "impossible! Gold Stick, that is what he said. Gold Stick is very complimentary. In fact, he mistakes me for one of the Court dignitaries!"

"Let us put it into the fire!" said the other boy, "it will help to boil the kettle."

So they piled the faggots together, and put the Rocket on top, and lit the fire.

"This is magnificent," cried the Rocket, "they are going to let me off in broad day-light, so that every one can see me."

"We will go to sleep now," they said, "and when we wake up the kettle will be boiled"; and they lay down on the grass, and shut their eyes.

The Rocket was very damp, so he took a long time to burn. At last, however, the fire caught him.

de las cosas más elevadas».

«¡Ah! las cosas más elevadas de la vida, qué bonitas son», dijo el Pato; «y eso me recuerda el hambre que tengo»: y se alejó nadando por el arroyo, diciendo: «Cuac, cuac, cuac».

«¡Vuelve! ¡Vuelve!», gritó el Cohete, «tengo mucho que decirte»; pero el Pato no le prestó atención. «Me alegro de que se haya ido», se dijo, «tiene una mente decididamente de clase media»; y se hundió un poco más en el barro, y se puso a pensar en la soledad del genio, cuando de repente dos muchachitos con blusas blancas bajaron corriendo por la orilla, con una tetera y algunos troncos.

«Esta debe ser la diputación», dijo el Cohete, y trató de parecer muy digno.

«¡Hola!», gritó uno de los muchachos, «¡mira este viejo palo! Me pregunto cómo ha llegado hasta aquí»; y sacó el cohete de la zanja.

«¡Viejo Palo!», dijo el Cohete, «¡imposible! Dorado Palo, eso es lo que ha dicho. Dorado Palo es un elogio. De hecho, me confunde con uno de los dignatarios de la Corte».

«¡Pongámoslo en el fuego!», dijo el otro muchacho, «ayudará a hervir la tetera».

Así que amontonaron los troncos, pusieron al Cohete encima y encendieron el fuego.

«Esto es magnífico», gritó el Cohete, «me van a soltar a plena luz del día, para que todo el mundo me vea».

«Ahora nos iremos a dormir», dijeron, «y cuando nos despertemos la tetera estará hirviendo»; y se tumbaron en la hierba, y cerraron los ojos.

El Cohete estaba muy húmedo, por lo que tardó en arder. Al final, sin embargo, el fuego lo alcanzó.

"Now I am going off!" he cried, and he made himself very stiff and straight. "I know I shall go much higher than the stars, much higher than the moon, much higher than the sun. In fact, I shall go so high that—"

Fizz! Fizz! Fizz! and he went straight up into the air.

"Delightful!" he cried, "I shall go on like this for ever. What a success I am!"

But nobody saw him.

Then he began to feel a curious tingling sensation all over him.

"Now I am going to explode," he cried. "I shall set the whole world on fire, and make such a noise that nobody will talk about anything else for a whole year." And he certainly did explode. Bang! Bang! Bang! went the gunpowder. There was no doubt about it.

But nobody heard him, not even the two little boys, for they were sound asleep.

Then all that was left of him was the stick, and this fell down on the back of a Goose who was taking a walk by the side of the ditch.

"Good heavens!" cried the Goose. "It is going to rain sticks"; and she rushed into the water.

"I knew I should create a great sensation," gasped the Rocket, and he went out.

«¡Ahora sí me voy!», gritó, y se puso muy tieso y recto. «Sé que llegaré mucho más alto que las estrellas, mucho más alto que la luna, mucho más alto que el sol. De hecho, llegaré tan alto que...».

¡Fizz! ¡Fizz! ¡Fizz! y se elevó en el aire.

«¡Encantador!», exclamó, «seguiré así para siempre. Qué éxito tengo!».

Pero nadie le vio.

Entonces empezó a sentir un curioso cosquilleo por todo el cuerpo.

«Ahora voy a explotar», gritó. «Voy a incendiar el mundo entero, y haré tanto ruido que nadie hablará de otra cosa durante todo un año». Y ciertamente explotó. ¡Bang! ¡Bang!¡Bang! La pólvora explotó. No había duda de ello.

Pero nadie le oyó, ni siquiera los dos niños, pues estaban profundamente dormidos.

Entonces sólo le quedó el palo, que cayó sobre el lomo de un ganso que se paseaba por la orilla de la zanja.

«¡Cielos!», gritó el ganso. «Va a llover palos»; y se precipitó al agua.

«Sabía que iba a causar una gran sensación», jadeó el Cohete, y expiró.

Rosetta Edu

CLÁSICOS EN ESPAÑOL

Esperamos que hayas disfrutado esta lectura. ¿Quieres leer esta obra en ebook?

El Príncipe Feliz y otros cuentos está ofrecido gratuitamente en formato electrónico en nuestro *Club del libro* donde discutiremos obras clásicas de la literatura universal, daremos recomendaciones y te anunciaremos nuestras novedades.

Recibe tu copia totalmente gratuita al unirte a nuestro *Club del libro* en rosettaedu.com/pages/club-del-libro o escaneando este QR code con tu dispositivo

Rosetta Edu

EDICIONES BILINGÜES

De Jacob Flanders no se sabe sino lo que se deja entrever en las impresiones que los otros personajes tienen de él y sin embargo él es el centro constante de la narración. La primera novela experimental de Virginia Woolf trabaja entonces sobre ese vacío del personaje central. Ahora presentado en una edición bilingüe facilitando la comprensión del original.

Durante décadas, y acercándose a su centenario, *El gran Gatsby* ha sido considerada una obra maestra de la literatura y candidata al título de «Gran novela americana» por su dominio al mostrar la pura identidad americana junto a un estilo distinto y maduro. La edición bilingüe permite apreciar los detalles del texto original y constituye un paso obligado para aprender el inglés en profundidad.

El Principito es uno de los libros infantiles más leídos de todos los tiempos. Es un verdadero monumento literario que con justicia se ha convertido en el libro escrito en francés más impreso y traducido de toda la historia. La edición bilingüe francés / español permite apreciar el original en todo su esplendor a la vez que abordar un texto fundamental de la lengua gala.

rosettaedu.com

Rosetta Edu

CLÁSICOS EN ESPAÑOL

Una habitación propia se estableció desde su publicación como uno de los libros fundamentales del feminismo. Basado en dos conferencias pronunciadas por Virginia Woolf en colleges para mujeres y ampliado luego por la autora, el texto es un testamento visionario, donde tópicos característicos del feminismo por casi un siglo son expuestos con claridad tal vez por primera vez.

Basta pensar que *La guerra de los mundos* fue escrito entre 1895 y 1897 para darse cuenta del poder visionario del texto. Desde el momento de su publicación la novela se convirtió en una de las piezas fundamentales del canon de las obras de ciencia ficción y el referente obligado de guerra extraterrestre.

Otra vuelta de tuerca es una de las novelas de terror más difundidas en la literatura universal y cuenta una historia absorbente, siguiendo a una institutriz a cargo de dos niños en una gran mansión en la campiña inglesa que parece estar embrujada. Los detalles de la descripción y la narración en primera persona van conformando un mundo que puede inspirar genuino terror.

rosettaedu.com